SOPA DE LIBROS

© Del texto: Concha López Narváez, 2001
© De las ilustraciones: Francisco Solé, 2001
© De esta edición: Grupo Anaya, S. A., 2001
Juan Ignacio Luca de Tena, 15. 28027 Madrid
www.anayainfantilyjuvenil.com
e-mail: anayainfantilyjuvenil@anaya.es

1.ª ed., marzo 2001
10.ª impr., enero 2015

Diseño: Manuel Estrada

ISBN: 978-84-667-0289-8
Depósito legal: M-2621-2012

Impreso en España - Printed in Spain

López Narváez, Concha
El misterio de la dama desaparecida / Concha López Narváez ;
ilustraciones de Francisco Solé . — Madrid : Anaya, 2001
176 p. : il. n. ; 20 cm. — (Sopa de Libros ; 55)
ISBN 978-84-667-0289-8
1. Novela histórica. 2. Amor. 3. Muerte. 4. Relaciones
familiares. I. Solé, Francisco, il. II. TÍTULO. III. SERIE
860-31

El misterio de la dama desaparecida

SOPA DE LIBROS

Concha López Narváez

El misterio de la dama desaparecida

Ilustraciones de
Francisco Solé

ANAYA

*A Montserrat Sarto
y Carmen Olivares,
que tanto han dado a tantos*

I

LA HERMOSA
DESCONOCIDA

El salón grande del palacio Real resplandecía de luces y de gozo.

El año de 1635 había comenzado alegremente con el nacimiento de la infantita María Antonia Dominica. Durante un mes entero, todo Madrid estuvo de fiesta: mascaradas y fuegos artificiales, representaciones teatrales y bailes, corridas de toros y juegos de cañas... Pero ahora, mediado ya febrero, los reyes lo celebraban en casa, acompañados por los nobles de la corte.

Clavicordios, laúdes, arpas, violas... La música sonaba suave y solemne al mismo tiempo.

El rey don Felipe IV danzaba ceremonioso; su esposa, doña Isabel de Borbón, ligera y jubilosa.

La reina sonreía, el rey, no; don Felipe nunca sonreía en público. «El rey estatua» le llamaban, a pesar de que nadie ignoraba lo mucho que solía cambiar cuando, disfrazado y a ocultas, abandonaba el palacio para salir de correría.

Quien también sonreía era don Alfonso de Mieras, mirando a doña María de Zúñiga, la bella ahijada del conde-duque de Olivares. Los dos jóvenes esperaban impacientes a que terminase aquella primera pavana para comenzar a danzar.

María y Alfonso aún no estaban prometidos oficialmente; pero todo el mundo lo daba ya por hecho.

Los reyes se movían con ritmo y elegancia: cinco pasos hacia delante, cinco pasos hacia atrás, un giro, una ligera reverencia... Por fin cesó la música, y don Alfonso de Mieras comenzó a caminar hacia doña María de Zúñiga; pero, de repente, se detuvo, sorprendido y admirado: ¿quién era aquella maravillosa mujer que tenía delante? Nunca en toda su vida había visto una figura tan delicada ni unos ojos tan dulces y, al mismo tiempo, tan vivaces. ¿De qué color eran? ¿Verdes, castaños...? ¿Dorados? Sí, eran dorados y luminosos. Y sus labios, ¿cómo podían ser tan naturalmente rojos? Su sonrisa era perfecta; no, perfecta no, uno de sus dientes montaba ligeramente sobre otro... Pero la perfección casi siempre es demasiado fría o demasiado dura, y su sonrisa era tan cálida y radiante...

La música comenzó a sonar de nuevo, y don Alfonso de Mieras, empujado por una misteriosa fuerza, olvidando por completo a doña María de Zúñiga, se inclinó ante la hermosa desconocida y alargó hacia ella un pañuelo primorosamente bordado. La joven lo tomó por una de sus puntas y, así unidos, se deslizaron por el salón entre otras jóvenes parejas sin ver nada ni nadie más que a ellos mismos.

Primero fue una gallarda*, después una danza alemana, luego otra gallarda... La música se detenía unos segundos, después de finalizar una pieza, para volver a sonar enseguida; sin embargo, ellos no lo advertían porque sus ojos estaban entrelazados, y con sus miradas hablaban de cosas hermosas y profundas sin que sus labios pronunciaran una sola palabra.

La música cesó una vez más, y la imponente figura del conde-duque de Olivares se adelantó hacia los reyes. Alfonso de Mieras se distrajo; fue solo un instante; pero, cuando su mirada buscó nuevamente los dorados ojos en los que antes estaba prendida, ya no los halló.

Quien ahora estaba a su lado era María de Zúñiga; sin embargo, don Alfonso se alejó de ella apresuradamente, sin ni siquiera oír lo que le decía. Buscaba a la hermosa desconocida.

Se dirigió, sin encontrarla, hacia un lado y otro del salón, hasta que materialmente tropezó con el joven conde de Luna.

—¿Habéis visto a una dama de hermosísimos ojos, dorados y luminosos, y sonrisa radiante? —le preguntó sin disculparse.

—Hay muchas damas así —respondió el conde entre divertido y perplejo.

—No, no las hay, y si la hubierais visto lo sabríais —dijo don Alfonso, y salió a toda prisa del salón

---

* Todas las palabras señaladas con asterisco se explican en el glosario al final del libro.

grande, sin tener en cuenta que los reyes aún permanecían en él.

—¿Habéis visto salir a una joven muy hermosa? —preguntó a los miembros de la guardia real que custodiaban las puertas del salón.

—No hemos visto salir a ninguna joven hermosa —le respondieron.

«Debíais de estar dormidos», pensó malhumorado, y se precipitó escaleras abajo.

Atravesó el patio a toda carrera y no se detuvo hasta llegar a la plaza que llamaban de palacio. Pero nada distinguió en la noche que no fueran siluetas de carrozas y sombras de lacayos y cocheros que charlaban junto a ellas.

A palmadas y a gritos pidió impaciente su carruaje.

Marcos, su paje de confianza, se le acercó a todo correr:

—¿Qué os sucede, señor? ¿Os sentís enfermo? —se inquietó el joven.

—¿Hacia dónde ha marchado el coche? —dijo sin responder a su pregunta.

—¿Qué coche, señor?

—El que acaba de partir.

—Yo no he visto partir a ningún coche...

—¡Porque estabas de charla, necio! —casi gritó don Alfonso, y Marcos lo miró con sorpresa, sin entender el repentino malhumor de su señor, que solía ser hombre de buen carácter.

—Pronto, partamos enseguida, que tenemos que encontrarlo —apremió don Alfonso saltando al interior de su coche—. ¡Aprisa! —ordenó luego.

—Pero, ¿hacia dónde, señor? —preguntó el cochero.

—¿Y cómo voy a saberlo? Sois vosotros los que tenéis que saber hacia dónde ha ido ese carruaje.

La voz de don Alfonso sonaba tan airada e impaciente que el cochero, sin más preguntas, partió hacia cualquier parte, conduciendo el tiro de cuatro caballos lo más rápidamente que pudo.

Casi a galope dejaron a un lado el convento de la Encarnación para ir a buscar la plaza de Santo Domingo y meterse luego por la calle larga de San Bernardo.

Don Alfonso, con todos sus sentidos alerta, miraba a un lado y a otro mientras trataba de oír el eco de algún carruaje que no fuera el suyo.

Pero ¡qué oscura y silenciosa estaba la noche! En las calles no había otras luces que las de los faroles de su propio coche. ¿Dónde se había metido la luna...? ¿Y la gente? ¿Es que no había nadie en Madrid? ¿Ni rondadores, ni mesones abiertos, ni siquiera mendigos...?

—¿Ves a alguien? ¿Oyes algo?... ¿Dónde está todo el mundo? —preguntó impaciente a Marcos, que viajaba por fuera del estribo.

—La noche es tan oscura y tan fría... Pero esperad, que me parece que ahora oigo algo...

Don Alfonso se apresuró a sacar medio cuerpo por la ventanilla del coche, y, más o menos a la altura del noviciado de los padres Jesuitas, distinguió una procesión de sombras que se acercaban llevando cirios encendidos en las manos. Sí, y también oía algo.

Eran los hermanos de las ánimas del purgatorio, que marchaban por Madrid, como tantas noches, recitando su lúgubre letanía.

«Piensa, hermano, que tú también has de morir algún día, y acuérdate de las almas de los que sufren entre llamas a causa de sus pecados».

Se encogían los corazones escuchándolos: «... que tú también has de morir algún día...»; pero don Alfonso no pensaba aquella noche en muertes ni tristezas.

—Decidme, hermanos, ¿os habéis cruzado con algún coche? —preguntó después de haberles dado unas monedas.

Los hermanos de la ánimas no se habían cruzado con ningún otro coche y, después de agradecer la limosna, prosiguieron su camino de rezos y penitencia.

Al fin, don Alfonso de Mieras pareció entrar en razón: verdaderamente continuar buscando sería casi lo mismo que pretender hallar una aguja en un pajar. Pero al día siguiente, en cuanto amaneciera, proseguiría la búsqueda de la hermosa desconocida.

—Volvemos a casa, Pedro —dijo al cochero.

*　*　*

Alfonso de Mieras no conseguía dormir: ¿Quién sería aquella mujer única que se había apoderado de su espíritu? ¿Dónde podría encontrarla? ¿Habría alguien que le diera razón de ella? Pero si ni siquiera sabía su nombre... Y ¿por qué no se lo había preguntado?... Porque no lo había necesitado... Mientras danzaban, solo deseaba sentirla cerca y mirarla. ¡Mirarla...! Nunca había estado tan íntimamente unido a nadie...

¡La amaba! La amaba como nunca creyó amar, era ese ser ideal con el que se sueña sin ni siquiera pensar que existe.

¿Y ella? ¿Lo amaría también? Sí, lo amaba, lo había leído en sus ojos...

Tenía que encontrarla, aunque para eso tuviera que remover todo Madrid... ¿Dónde viviría...?

Se le ocurrió de pronto, y fue como un relámpago de alegría: ¡su bella desconocida tenía que ser una dama de la reina! Una dama nueva... por eso no la conocía. Y nunca había salido de palacio porque vivía en él, de modo que su buen Marcos no pudo ver ningún coche partir porque ninguno había partido. ¡Qué dicha invadió su espíritu!: mañana mismo la encontraría...

Se durmió sonriendo: «Mañana mismo...».

II

La búsqueda

La noche transcurrió para Alfonso de Mieras como a salto de mata: durmiéndose y despertándose; soñando y recordando... Pero fue una alegre duermevela.

Apenas apuntó el alba, descorrió los pesados cortinones que protegían su lecho y se precipitó a la ventana: la mañana se anunciaba clara y el viento estaba en calma. Era como una promesa de que el día sería emocionante y dichoso.

En los jardines del palacio de los duques de Medina de Rioseco, que lindaban con los de su casa, despertaban los pájaros con jubilosa algarabía... Qué tranquilo estaba el vecino paseo del Prado sin el bullicio de carruajes y caballos, y ¡qué plácido era el murmullo de las aguas de sus fuentes...!

Se dijo que debería levantarse temprano con más frecuencia.

Enseguida se lavó y perfumó. Luego eligió sus ropas cuidadosamente. Dudaba entre ponerse calzón oscuro o claro; jubón* bordado o liso.

Se decidió por el calzón oscuro y el jubón liso. Y no se puso golilla*, sino una preciosa valona* de suave encaje.

El gran espejo, que ocupaba casi todo un testero del dormitorio, le devolvió una sobria y alargada figura. Aunque se preguntaba si no lo sería demasiado. Quería parecer elegante, pero no excesivamente adusto. Quizás con un sombrero de plumas alegres y rizadas podría evitarse la segunda impresión.

Como no estaba seguro, tiró del cordón del llamador para pedir consejo a Marcos. En ese momento, las campanas de los dos monasterios cercanos, el de los Agustinos Recoletos y el de San Jerónimo el Real, comenzaron a llamar a la primera misa.

¡Aún no eran las siete...! Qué sorpresa se llevaría el buen Marcos viéndolo ya preparado. Se aproximó otra vez a la ventana: una silla de manos* doblaba la calle de las Huertas en dirección al Prado... Madrid comenzaba a despertarse, y don Alfonso, impaciente, volvió a tirar del llamador.

Marcos apareció, soñoliento y apresurado, y miró a su señor con ojos de incredulidad:

—¡Pero si estáis vestido! —exclamó asombrado, pensando en lo difícil que habitualmente le resultaba despertar a su señor, más o menos hacia las diez de la mañana—. ¿Partimos de viaje? ¿Ha sucedido algo durante la noche? ¿Por qué no me llamasteis? —preguntó luego inquieto.

—No, no ha sucedido nada; pero dime, Marcos, ¿te parecen adecuadas estas ropas? ¿Crees que un sombrero de plumas de color azul claro le vendrían bien?

Marcos miró a su señor y enseguida afirmó con la cabeza. No sabía si aquellas ropas eran o no adecuadas porque desconocía hacia dónde pensaba dirigirse don Alfonso; pero, en todo caso, eran sencillamente elegantes, y desde luego un sombrero de plumas azules las complementaría a la perfección.

—Pues entonces, Marcos, prepárame el gabán azul oscuro y luego di que ensillen enseguida el caballo tordo con los mejores arreos. Y otra cosa, haz que le adornen la cola y las crines con cintas de colores... Vamos, ¿qué haces ahí parado? Antes de media hora quiero estar en la calle.

—¿Dentro de media hora...? Si apenas son las siete de la mañana —se asombró Marcos.

—Lo sé...

—Pero, ¿y vuestro desayuno? ¿Os hago servir el chocolate aquí mismo? ¿Dos tazas como siempre? ¿Qué preferís, bizcochos o buñuelos?

—Nada de chocolate, Marcos.

—¿Nada de chocolate?

—Nada de chocolate.

—Ah, ya sé, hoy desayunamos en la calle; preferís los buñuelos que venden en los puestos de Puerta Cerrada —dijo Marcos, y sus ojos se iluminaron.

—Yo no sé dónde desayunaré; pero sí sé que tú desayunarás en casa, como todos los días.

Marcos miró a su señor disgustado y confundido: ¿estaba queriendo decirle que pensaba salir solo?

—¡Ordena que ensillen al tordo de una vez, Marcos! —casi gritó don Alfonso, y su joven paje se apresuró a desaparecer.

Marcos se preguntaba qué sería lo que su señor se traería entre manos. Ningún caballero salía de casa a aquellas horas. Se le ocurrió que quizás estuviera envuelto en algún embrollo. ¿Tendría algo que ver salida tan temprana con la extraña persecución de la noche pasada? ¿Acaso era una cuestión de honor? ¿Una deuda no cobrada? ¿Un duelo?... Eso no quería ni pensarlo... De todas formas, algo raro le ocurría a su señor, y, fuera lo que fuera, él estaba completamente decidido a no abandonarlo; lo seguiría en secreto, costara lo que costara.

Salió don Alfonso de Mieras de su casa al filo de las siete y media, caballero en su caballo, erguido y sonriente, sin poder disimular la excitación que sentía. Madrid casi había despertado del todo, y eran varias las sillas de manos que se dirigían hacia las iglesias del paseo del Prado, además de otros tantos carruajes y alguna piadosa señora que marchaba a pie seguida de su escudero* y de su dama de compañía. También los mendigos se dirigían a ocupar sus lugares a las puertas de los templos.

Además había otros movimientos en las calles: dulceros, panaderos, aguadores... Lo que no había era ningún caballero vestido de punta en blanco, cabalgando, solo, en un caballo tan hermoso y bien adornado; por eso, todos aquellos con los que se cruzaba se volvían a su paso. Sin embargo, él no lo advertía porque marchaba metido en sí mismo. Su meta era el palacio Real, hacia donde cabalgaba por la calle de Alcalá arriba. En su mente había un único pensamiento: «¡La veré de nuevo!».

Su fiel Marcos lo seguía de lejos, ocultándose de esquina en esquina. Iba embozado hasta los ojos con una capa que no era suya, con la cabeza cubierta por un sombrero que tampoco lo era y que le quedaba demasiado grande.

Temía Marcos que su señor se diera la vuelta y lo descubriese; y también le preocupaba que los comerciantes de la Puerta del Sol, que ya empezaban a levantar sus tenderetes, le tomaran por algún ladronzuelo y se echaran sobre él, aunque de lo que más recelaba era de la ronda de alguaciles*. Seguramente les parecerían sospechosos aquellos saltos suyos, como de liebre, y aquel esconderse de trecho en trecho.

Cuando don Alfonso de Mieras, seguido de Marcos, alcanzó el monasterio de la Encarnación, que era donde las damas de la reina solían acudir para escuchar misa, las campanas daban el segundo toque de la misa de ocho.

Si las damas eran madrugadoras, llegaba justo a tiempo para verlas dirigirse al templo, y si no lo eran, esperaría lo que hiciera falta. No lo fueron, y el sorprendido y oculto paje contempló a su señor cabalgar al paso, marchando una y otra vez desde la plaza exterior del palacio Real hasta la plazuela del monasterio.

Cuando las campanas de la Encarnación llamaron a misa de nueve, algunas de las damas de la reina comenzaron a salir de palacio, y el corazón de Alfonso de Mieras empezó a brincar jubiloso y emocionado. Sin embargo, entre ellas no estaba su hermosa desconocida.

Quizás hubiera dormido mal, pensó, y decidió esperar.

Las campanas de la Encarnación llamaron a misa de diez, y nadie salió de palacio.

Entonces, don Alfonso comenzó a inquietarse. Y de pronto, se le ocurrió pensar que su hermosa dama podía estar encargada de cuidar a la infantita.

Los ojos de Alfonso de Mieras se iluminaron. Cada vez que lo pensaba se sentía más seguro de que tenía que ser eso: su majestad no podía confiar su hija a nadie que no fuera aquella mujer dulcísima.

Pero si ella era una dama de confianza, saldría con menor frecuencia que las demás. Sin embargo, volvería a verla. Si no era aquel mismo día, sería otro.

Cuando al fin se decidió a regresar a casa, la calle Mayor rebullía de coches y de gente. Pero don Alfonso a nadie veía ni oía. Y de repente, comenzó a reír en alta voz y, quitándose su emplumado sombrero, lo agitó en el aire sin ton ni son. Acababa de decidir que, si su dama no salía a la calle, él haría que, al menos, saliera al balcón.

III

La dama de la reina

Don Alfonso no sabría decir qué fue lo que comió al mediodía: ¿manjar blanco?, ¿perdiz rellena?, ¿pasteles de hojaldre?, ¿frutas confitadas?... Tanto daba. Lo que no hubiera hecho ninguna falta era que su cocinera se afanara tanto en los fogones.

En cuanto se levantó de la mesa, pidió que le prepararan otra vez el caballo.

Ahora su buen Marcos, envuelto como antes en amplísima capa y tocado con enorme sombrero, lo siguió por el Prado hacia la derecha, y lo vio adentrarse por el barrio de los literatos y representantes[1], por la calle de Cantarranas, que era donde vivía don Félix Lope de Vega y Carpio.

«¡Válgame Dios!», suspiró Marcos, y se envolvió aún más en su capa, si tal cosa fuera posible. El mozo conocía a muchos de los vecinos de aquella zona porque era muy aficionado a las representaciones, tanto que, a veces, hasta tomaba parte en alguna comedia o entremés, con un papel muy pequeño, por

---

[1] Así se llamaba a los actores.

supuesto. Con mucha mayor frecuencia cogía su guitarrilla para acompañar los bailes atrevidos y alegres que tenían lugar entre uno y otro acto.

Por lo menos, una vez a la semana se podía encontrar a Marcos en alguno de los corrales de comedias de Madrid, en el del Príncipe o en el de la Pacheca, según fuera la obra y según quienes fueran los que la representaran.

«¡Válgame Dios...!», volvió a suspirar, «¿Y si ahora saliera el gran Lope y me reconociera?»

—¡Por Santa María! —exclamó aún más asustado cuando vio que su señor tomaba hacia la calle donde tenía sus casas el señor Quevedo[2]—. Buena cosa sería que don Francisco me descubriera con tal capa y tal sombrero... Nunca más podría yo subir a un tablado, ¡qué digo a un tablado!, me tendría que marchar para siempre de Madrid para no tener que vivir entre burlas.

Pero estuvo de suerte porque esta vez tampoco nadie lo sorprendió, y poco después continuó tras don Alfonso, que entró y salió de cierta casa en la que se contrataban músicos y cantores. El asombrado Marcos se preguntaba de nuevo qué sería lo que su señor se proponía. No lo supo hasta que cayó la tarde.

Al atardecer, Alfonso de Mieras, con ojos ilusionados, paseaba de nuevo por la plazuela de palacio. De cuando en cuando, hacía caracolear alegremente a su hermoso caballo y alzaba la vista hacia las

---

[2] No estaba entonces en Madrid.

ventanas del segundo piso, que miraban hacia el este.

Cayó la tarde y se encendieron candelabros y velas en las habitaciones reales, se encendió también la luna y llegaron los rondadores que don Alfonso había contratado. Eran al menos veinte, sin contar los acompañantes portadores de cirios y hachones encendidos. En un momento, la plazuela de palacio se inundó de luz y la recién nacida noche nuevamente se convirtió en día.

Comenzó la música: ligera, alegre y revoltosa, amorosa y amable... Guitarras, laúdes, violas, panderos, flautas, castañuelas... Poco a poco, las ventanas de palacio que daban a la plazuela se fueron abriendo, y el corazón de don Alfonso latió jubiloso y emocionado.

El buen Marcos no salía de su asombro: así que era eso, ¡una dama!... Todas aquellas idas y venidas a causa de una mujer... No podía entenderlo; se preguntaba qué diría doña María de Zúñiga. Le estaba pareciendo que don Alfonso había perdido la cabeza.

Los rondadores empezaron a desgranar letrillas de amor, en su mayoría del gran Lope de Vega, porque tenían el encargo de que fueran todas hermosas y delicadas:

> *No corráis, vientecillos,*
> *con tanta prisa,*
> *porque al son de las aguas*
> *duerme mi niña.*
>
> LOPE DE VEGA

Álamos del soto,
¿dónde está mi amor?
Si se fue con otro,
morireme yo.

LOPE DE VEGA

Después que te conocí
todas las cosas me sobran.
El sol para tener día,
Abril para tener rosas.

QUEVEDO

En las ventanas que daban a la plazuela, las damas reían y se preguntaban a quién iba dedicada la serenata.

Don Alfonso de Mieras se adelantó del grupo y, quitándose su sombrero de largas plumas azules, se inclinó ante todas ellas y, como no conocía el nombre de su dama, exclamó con voz cortada por la emoción:

—¡Para la más hermosa!

Las damas volvieron a reír; pero don Alfonso esperaba que aquella que se había adueñado de todos sus sentidos entendiera que la ronda le iba dirigida. La buscaba ansiosamente con la mirada y no conseguía encontrarla; pero quizás fuera porque, tímida, se ocultaba detrás de sus compañeras, y además las ventanas del segundo piso estaban muy altas.

Las canciones se sucedían; pero la noche avanzaba, y las damas comenzaron a retirarse; también se retiraron los rondadores, y la noche de febrero quedó silenciosa y oscura.

Alfonso de Mieras marchaba hacia su casa entre contento y disgustado, sin saber si su dama lo había reconocido o no.

Marcos le seguía, ocultándose en las sombras: Ojalá su señor no se topara con la comitiva de ningún conocido. De todas formas, al día siguiente lo sabría todo Madrid. Habría que oír lo que se diría en el mentidero[3] de las gradas de San Felipe Neri... En fin, esa noche se conformaba con llegar a casa sanos y salvos.

Sanos y salvos llegaron a la casa-palacio del Prado de Recoletos, lo que ya fue bastante, porque las oscuras calles de Madrid solían estar llenas de peligros para los solitarios.

* * *

Una semana entera, por las mañanas, por las tardes y por las noches, consumió don Alfonso de Mieras buscando a su hermosa desconocida: en las iglesias, en los paseos, en las fiestas y reuniones... y, sobre todo, en los alrededores del palacio Real.

Tres noches más repitió sus serenatas, cada vez con más músicos y cantores, cada vez con más luces...

Como Marcos temía, todo Madrid murmuraba, que esa parecía ser la actividad preferida de tantos

---

[3] Lugar de reunión y charlas. Solía estar en la calle.

desocupados como entonces había en la capital del reino.

Y, como también Marcos temía, doña María de Zúñiga no fue indiferente a la extraña conducta del que consideraba su prometido: Se preguntaba, entre indignada y dolorida, si sería que ella estaba loca o había imaginado un amor que no existía. Se respondía que, cuando los ojos de don Alfonso la miraban, era muy claro lo que en ellos se leía. Además, los padres de uno y otro hablaban de casarlos desde que ambos eran niños. Los dos lo sabían y lo aceptaban con gusto.

Doña María de Zúñiga se debatía entre el asombro, el enojo y la tristeza. No estaba acostumbrada a ser tratada con tal desdén; pero deseaba casarse con don Alfonso de Mieras. Y ¿qué mujer del reino no lo desearía? Era joven y apuesto, ingenioso y alegre, conocedor de las letras y de las artes y poseedor de uno de los mejores cerebros de la corte; precisamente por eso, el conde-duque de Olivares tenía puestos los ojos en él para incorporarlo a su gobierno.

No, María de Zúñiga no quería perder a Alfonso de Mieras. Sin embargo, don Alfonso parecía haberla olvidado de repente, y cuando, por casualidad, se encontraban, la saludaba amablemente; pero sus ojos no brillaban con el fulgor de antes.

—¿Qué habrá podido sucederle para que ya no me quiera? ¿Y qué puedo hacer yo para recuperarle? —preguntaba ansiosa a su vieja nodriza.

—A don Alfonso alguien le ha hechizado —afirmaba esta con total seguridad—. Pero ya veré yo la manera de deshacer ese hechizo: primero encenderemos cinco velas al atardecer y otras cinco al amanecer. Y luego hablaré con su buen paje, Marcos, para que le ponga en el desayuno un brebaje de amor.

Pero ni velas ni brebajes pudieron deshacer el hechizo de don Alfonso, porque este había brotado en su propio corazón y crecía de día en día, de minuto en minuto...

IV

INQUIETUDES

Pasada otra semana, el desasosiego se apoderó de don Alfonso de Mieras, quien perdió el humor y el interés por cualquier cosa que no fuera encontrar a la hermosa desaparecida. No entendía qué era lo que podía suceder para que él no pudiera hallarla. Temía que no quisiera volver a verlo y se ocultara, o que estuviera enferma. Aunque quizás lo único que pasara fuera que se hubiera ausentado de Madrid. Pero no se le ocurría el modo de averiguarlo.

Conocía a muchas damas de la reina y quizás alguna de ellas pudiera aclarar sus dudas. ¿Pero qué iba a preguntarle?: «¿Dónde está la más hermosa de todas vosotras? Esa que es distinta a todas, la de los maravillosos ojos dorados, la que se mueve con la ligereza, la serenidad y la elegancia de una corza...». Sonaba a disparate; pero, precisamente, eso fue lo que hizo.

Una tarde, después de comer, acompañado de Marcos, tomó el camino de los Jerónimos. Como febrero, que ya casi terminaba, estaba muy templado, el Prado rebullía de idas y venidas. Los unos iban en coche, los otros a caballo y los más a pie. Y qué animación había en las alamedas: alegría de guitarras y canciones en algunos grupos, risas y charlas en otros... Vendedores de pasteles, hojaldres y empanadas, de castañas dulces y almendras garrapiñadas... de bebidas de todas clases... Una gitana, de apenas quince años, bailaba una pícara zarabanda al son del pandero que su hermanillo tocaba. La madre, hermosa todavía, regalaba sonrisas y alargaba su mano solicitando unas monedas... Y también estaban los mendigos, yendo de un grupo a otro. La gente les daba limosna con mucha rapidez, seguramente para verse libres de ellos lo más pronto posible.

Entre todo aquel bullicio paseaba Alfonso de Mieras seguido de su buen Marcos. Vagaba ensimismado, ajeno a la animación general... Y de repente, algo le distrajo: dos tapadas[1] que se divertían bajo un álamo, riendo y bromeando con los que pasaban; quizás sus palabras fueran algo atrevidas, pero ellas confiaban en no ser conocidas ya que espesos y oscuros velos cubrían sus rostros. Además, sus voces eran fingidas. Sin embargo, Alfonso de Mieras reconoció a una de ellas; se trataba de la joven condesa de Maderna, a la que conocía bien desde que ambos eran muy niños.

Con un pretexto cualquiera la apartó del grupo de alborozados caballeros que la rodeaba:

—Mucho se divierten hoy las tapadas, ¿no es cierto, Catalina? —le dijo.

---

[1] Mujeres que ocultaban sus rostros.

—Vaya por Dios, me has conocido, Alfonso. Y yo que pensé que había tomado todas las precauciones...

—Pues ya ves, conmigo de nada te han servido.

—Confío en que no has de delatarme.

—No te delataré, aunque a nadie escandalizaría si lo hiciera. El mes pasado, otras dos alegres y osadas tapadas revolucionaron el Prado. Y ¿sabes quiénes eran? Pues nada menos que las duquesas de Alburquerque y de Medinaceli.

—Pero yo a estas horas debería estar en palacio.

—¿No dicen que doña Isabel de Borbón es muy comprensiva con sus jóvenes damas...?

—Y lo es; pero no lo son tanto todos los que la rodean; piensa en la condesa de Olivares, por ejemplo. Así que, por favor, no me descubras, Alfonso.

—Sabes que no lo haría por nada del mundo.

La condesa de Maderna dio las gracias complacida e hizo ademán de retirarse; pero Alfonso de Mieras la detuvo:

—Espera un poco, Catalina, se me ocurre que quizás tú puedas ayudarme. ¿Sabes si alguna de las damas de la reina se ha ausentado de palacio recientemente?

—No, todas seguimos en palacio, aunque no a todas horas, como ves.

—¿Estás segura, Catalina?

—Claro que lo estoy, Alfonso. Las damas de la reina comemos juntas, charlamos, discutimos... Nos conocemos bien.

—Entonces, todas sabréis lo que le sucede a alguna de vosotras.

—No siempre, hay cosas del espíritu que son muy hondas.

—Quiero decir que si, por ejemplo, una enferma, las demás tendréis noticia de ello.

—Eso sí; ahora, doña Teresa de Henestrosa está muy enferma. Le tomó un extraño malestar el mismo día de la última fiesta en palacio.

Alfonso de Mieras sufrió un sobresalto:

—¿Muy enferma? —preguntó con voz débil, suponiendo que hablaba de su dama...

—No sabía yo que conocieras a doña Teresa. Apenas lleva un mes en la corte —dijo extrañada Catalina de Maderna.

—La conozco. Precisamente la conocí en el último sarao[2] de palacio —respondió don Alfonso sin disimular su inquietud.

—Pues es una extraña enfermedad la suya. Los médicos de la reina no saben cómo atajarla.

—¡Dios mío...! —susurró Alfonso de Mieras.

—No entiendo cómo, conociéndola de un solo día, te alteras de ese modo —se asombró Catalina de Maderna.

—¿Que no lo entiendes, Catalina? No es posible que nadie olvide a esa mujer después de haberla visto, aunque sea un solo segundo. ¿Cómo olvidar sus dulces ojos dorados, su pequeña y delicada figura, su luminosa y amable sonrisa...?

---

[2] Fiesta nocturna con música y baile.

—¿Sus dulces ojos dorados? ¿Su pequeña y delicada figura? ¿Su luminosa y amable sonrisa? —repitió perpleja la condesa de Maderna.

—¿Tú no la encuentras pequeña y delicada como una flor? ¿Y sus movimientos no son ágiles y elegantes como los de una corza? —preguntó con evidente enojo Alfonso de Mieras.

—¡Ay, no! —exclamó doña Catalina entre risas—. Que Dios me perdone, sus movimientos recuerdan mucho más a los de una vaca preñada... Y sus dulces ojos dorados en realidad son tan oscuros y amenazadores como una tormenta... En cuanto a su sonrisa... si doña Teresa nació enfadada, jamás la he visto sonreír.

—No te burles, Catalina —casi gritó Alfonso—. Si fueras hombre...

—Que no, Alfonso, que no me burlo... Si la dama de la que me hablas es tal como dices, no puede tratarse de doña Teresa de Henestrosa.

Poco a poco la sangre fue volviendo al cuerpo de Alfonso de Mieras.

—Pues entonces, Catalina, ¿quién puede ser esa otra dama de la que te hablo? Te aseguro que la conocí en palacio hace justo dos semanas.

—Dame alguna otra señal de ella. ¿Cómo iba vestida? ¿De qué color era su traje?

—No lo sé, Catalina, no me fijé... Solo vi sus ojos, su sonrisa, sus movimientos...

—¿Recuerdas al menos algún detalle particular? ¿Cómo era su peinado? ¿Iba muy pintada? ¿Y sus joyas...? ¿Llevaba muchas joyas?

—No, no iba pintada, en eso me fijé, su piel era suave y clara, dorada también como sus ojos. En cuanto a joyas, recuerdo que solo llevaba una, un sencillo colgante de piedras azules en forma de racimo de uvas.

—¿Una sencilla y única joya para un sarao de Palacio? —se extrañó doña Catalina—. ¡Qué singular debe de ser esa dama...! Y no, Alfonso, no se me ocurre de quién pueda tratarse; pero si se me ocurriera, ya te lo comunicaría —añadió la condesa de Maderna retirándose.

—Eso espero, Catalina —susurró con desánimo don Alfonso. Pensaba que era muy extraño que Catalina no conociera a su dama. ¿Cómo era posible, viviendo ambas en palacio? ¿O la conocía y no quería darle razón de ella?—. ¡Marcos, volvemos a casa! —llamó de mal humor.

—Aquí estoy, señor —respondió el joven paje, que prudentemente se había apartado unos pasos.

Entonces las campanadas del último Ángelus[3] del día sonaron casi al mismo tiempo en los tres monasterios del Prado: primero en el de los Jerónimos y enseguida en los de los Agustinos Recoletos y en el de los Dominicos de Atocha.

Cesaron súbita y completamente las charlas, las risas, los cantos y las músicas, y todo el mundo oró, igual que en cualquier otra parte de la ciudad. A la hora del Ángelus, la vida se detenía y la gente reza-

---

[3] Oración que se rezaba por la mañana y por la tarde, después de oír ciertas campanadas.

ba, el rey y el mendigo, el monje y el libertino, la beata y la ramera, incluso los que se batían en duelo se interrumpían unos segundos... Era una antigua y piadosa costumbre que nadie se atrevía a no cumplir.

Sin embargo, aquella tarde de febrero, Alfonso de Mieras no rezaba. La oración se le había quedado detenida entre los labios porque, de repente, la vio en el Prado. Ella también oraba, como todos, pero diferente a todos, dorada y luminosa, delicada y sencilla, con su colgante de piedras azules sobre el pecho. La dama alzó la mirada un momento, y entonces sus ojos se iluminaron, sorprendidos y gozosos, mirando a don Alfonso... Este, con el corazón tembloroso y los pasos apresurados, comenzó a marchar hacia ella... Pero, de pronto, la dama desapareció, tan súbitamente como había aparecido.

—¡Marcos, Marcos! —gritó don Alfonso—. Ayúdame, Marcos, tengo que encontrarla.

—¿A quién debéis encontrar, señor? —preguntó el paje con inquietud y asombro.

—¡A mi dama, Marcos, a mi dama! —respondió don Alfonso buscando desesperado entre los ruidosos grupos del Prado.

Marcos corría tras él, sin saber qué hacer ni qué decir, hasta que don Alfonso se detuvo derrotado y, profundamente entristecido, le preguntó:

—Tú la has visto, ¿verdad, Marcos? Estaba ahí mismo, junto a la fuente de los Cuatro Arcángeles. Y ahora, ¿dónde está?

—Si os referís a doña María de Zúñiga, no la he visto esta tarde en el Prado...

Alfonso de Mieras miró a su joven paje como si volviera de otro mundo.

—No, no me refiero a ella —susurró con desánimo.

De vuelta a casa, don Alfonso de Mieras marchaba apesadumbrado y también perplejo: había vuelto a ver a su dama para perderla enseguida. Y, como la primera vez, había desaparecido de pronto, y él no entendía de qué forma. Pero, también como la primera vez, sus ojos le dijeron que lo amaba. Por eso estaba decidido a seguir buscándola...

—¿Qué es lo que os ocurre, señor? —se atrevió a preguntar Marcos.

Y don Alfonso de Mieras, abriéndole de par en par su corazón, le habló de su inmenso amor y también de sus inquietudes.

—Y así, señor, ¿decís que no sabéis quién es ni dónde vive? ¿Y también decís que ella os ama, pero que, de pronto, se aleja de vos sin que sepáis cómo? —preguntó Marcos confundido.

—Todo eso digo, mi buen Marcos... Pero dime tú, ¿me ayudarás a encontrarla?

—Os ayudaré —prometió Marcos, aunque las palabras de su señor no le parecieron otra cosa que puros disparates. Le ayudaría, como siempre y en todo. Dispuesto estaba a acompañarle a donde hiciera falta y a pasar por él cualquier tipo de molestia o a sortear toda clase de riesgos o de peligros. A Marcos nada le parecía demasiado, porque con nada podría devolverle ni siquiera una pequeña parte de lo mucho que le debía. Se lo debía todo porque, cinco años atrás, cuando lo encontró, ni era nadie ni nada tenía, y a saber cómo hubiera acabado de no haber sido por don Alfonso.

V

¿QUIÉN ERA MARCOS?

Marcos Gómez había nacido en la pequeña villa de Torreas[1], cercana a Tembleque, en el año de 1618, reinando aún don Felipe III, cuando acababa de empezar la larga guerra en la que estaban empeñados el emperador de Austria y los príncipes protestantes de Alemania, guerra en la que también España tomaba parte, proporcionando a sus gentes y pueblos muchos y hondos sinsabores.

El padre de Marcos fue Lorenzo Gómez, un labriego que poseía una huerta mediana y unas pocas fanegas de buena tierra de trigo. Desde varias generaciones atrás pertenecían a su familia y producían lo suficiente como para haber mantenido a su mujer y a sus dos hijos, si no hubiera sido porque desde los tiempos del emperador Carlos estaban gravadas con fuertes tasas.

En cuanto al pequeño Marcos Gómez, fue feliz, sin saberlo, durante varios años. Malvivía, como casi todos los hijos de campesinos humildes, pero

---

[1] Esta localidad no existió.

no se daba cuenta. Tenía padres, hermanos, amigos y una casa pequeña donde resguardarse. También tenía un borrico y un carro, y, sobre todo eso, tenía el rumoroso riachuelo que saltaba entre piedras, la fresca y verde sombra de los árboles, los vuelos alegres de los pájaros, los zumbidos de las abejas y muchos días llenos de sol para jugar al aire libre... Pero, unas tras otras, sobrevinieron las desgracias sobre las tierras: primero fueron las sequías y luego las demasiadas lluvias. Partía el alma contemplar la lenta agonía de los campos sin cosechas...

Por eso, Lorenzo Gómez, lo mismo que tantos otros labriegos modestos, vendió sus propiedades a un labrador rico, que se convirtió en el dueño y señor de toda la región.

Y ¿qué podía haber hecho el padre de Marcos para no perder sus tierras, aguantar en ellas hasta que sus hijos se murieran de hambre?

El caso fue que una mañana, oscura aunque lucía el sol, uncieron el asno al carro y se pusieron en marcha hacia Madrid.

El padre llevaba la tristeza atragantada y apenas decía una palabra. A Marcos le parecía que, de pronto, el cuerpo le había menguado, y hasta su vozarrón de antes le había disminuido: los «arres» que le decía al asno sonaban sordos y débiles; quizás por eso el animal marchaba tan sin ganas.

La madre, en cambio, no paraba de hablar:

—Ya veréis, encontraremos trabajo enseguida; tú, Lorenzo, como herrero, y yo como costurera. ¡Pues anda que no habrá caballos que herrar en la

corte con tantísimos coches...!, ¡ y ropa para coser...!
¡Pero si se dice que las damas se cambian de traje
varias veces en cada jornada! ¿No veis que hay saraos casi todas las noches, y representaciones de comedias tres veces a la semana...? Dicen que el joven
rey don Felipe IV es amigo de fiestas y protector de
escritores y artistas. Además de eso, como en Madrid casi todo el mundo es rico, las mujeres andan
de compras durante el día entero. ¿Y sabéis qué es
lo que más adquieren? ¡Telas!: terciopelos, sedas, bro-
cados... Para vosotros, hijos míos, ha de ser bueno
este cambio. Sancho, para empezar, tú puedes ayudar a tu padre en la herrería, y luego ya veremos.
¿Quién sabe? A lo mejor llegas a ser palafrenero*
del propio rey... A Marquillos me lo he de llevar
conmigo a las casas a las que vaya a coser, y, como
es guapo y más que espabilado, cualquier señora se
prendará de él y lo tomará de paje; y ya se sabe:
Paje de señora, la suerte aflora.... Ay, Marcos mío,
aprenderás a leer y a escribir, y tomarás chocolate
espeso todas las mañanas...

La torre de la iglesia se perdió de vista y dijeron
adiós a las agonizantes tierras y a los pequeños huer-
tos primero requemados de soles y devorados luego
por las riadas... La madre hablaba y hablaba, sin volver la vista atrás. Marcos nunca supo si ella creía en
las palabras que pronunciaba o si únicamente las decía para ahuyentar la inmensa tristeza que a todos les
tenía aprisionado el ánimo. El caso fue que, al menos, él sí las creyó, y la esperanza le hizo olvidar la
melancolía, y sus ojos brillaban de entusiasmo:

—¡Leer y escribir! ¡Y tomar chocolate espeso todas las mañanas!

Sin embargo, las esperanzas del pequeño Marcos no se cumplieron. En Madrid había herreros y costureras de sobra. En Madrid sobraba de todo menos trabajo. Y lo que más sobraba eran pícaros y ladrones, porque ya el mismo día de la llegada les desapareció, sin saber cómo, la bolsa de los dineros. Y desaparecida la bolsa, desaparecieron el asno y el carro, puesto que no tenían ninguna otra cosa que vender.

A pesar de todo, a Marcos le gustó la corte, porque había bullicio y casi todo el mundo parecía contento. Y una cosa sí era verdad de las que su madre dijo: había tanta gente y tantos coches que la ciudad parecía que iba a rebosar en cualquier momento. Y tiendas, también había muchas tiendas, de ricas telas y otras cosas hermosas, como joyas, por ejemplo. Sobre todo en la larga calle que llamaban Mayor, en la que se abría una plaza del mismo nombre, que era casi tan grande como toda su aldea.

Lo que también había era saraos y mascaradas, toros y fuegos artificiales.

Marcos no podía olvidar las grandes celebraciones que hubo en la capital justo cuando llegaron, con motivo de la toma de Breda[2] por el marqués de Spínola: el cielo ardía alegremente con fuegos artifi-

---

[2] Ciudad tomada por las tropas españolas en la guerra con los Países Bajos.

ciales y la gente bailaba en las calles y reía y cantaba cogida de la mano.

Pero lo que más admiraba al pequeño Marcos eran las representaciones que tenían lugar, casi todos los días, de las obras del gran maestro Félix Lope de Vega y Carpio, o de las de Vélez de Guevara, Tirso de Molina, Ruiz de Alarcón... Eran tantos los escritores que había en la corte... ¡Y cuánto hubiera dado Marquillos por poder asistir a solo una representación teatral; pero, para entrar en el corral[3] de la Pacheca o en el de la Cruz, hacían falta dineros, y no era precisamente eso lo que les sobraba a sus padres.

Sí, en Madrid casi todo el mundo estaba contento, menos la familia de Marcos y otras tantas como ella. Y como las tristezas y las miserias, más que unir, separan, la familia de Marcos acabó desuniéndose.

El primero en marchar fue su hermano Sancho. Se hizo mozo de arrieros, partió con una recua de mulas camino de Sevilla y nunca más supieron de él.

El padre acabó alistándose en los Tercios de Flandes*. Dijo que en cuanto pudiera regresaría. Pero seguramente no pudo, porque jamás volvieron a verlo.

Fue así como Marcos Gómez se quedó solo con su buena madre.

Ella sí consiguió trabajo: lavaba en las orillas del río Manzanares, desde que el sol salía hasta que se

---

[3] Lugares en los que se representaban las obras de teatro.

ocultaba, cualquier clase de ropa para cualquier persona que se lo pagara.

Marcos, aunque aún no tenía ocho años, tampoco se estaba mano sobre mano. Mientras su madre lavaba, él recorría las riberas del río y cogía hierbas olorosas y medicinales que luego vendía en la plazuela de la Cebada. No ganaba sino cuatro reales; pero se sentía importante con ellos en la mano, y sus ojos reían cuando se los entregaba a su madre. Ella lo apretaba contra su corazón y le decía que ya era un hombre y que, teniéndolo, no se cambiaba por nadie.

Después de todo, no fue aquella una época tan mala. De vez en vez su madre se tomaba un corto descanso, y aspiraban juntos el olor de la menta o de la hierbabuena.

—¡Verde! La menta y la hierbabuena tienen el olor verde, verde claro —decía ella, y Marcos la entendía.

Sentados a la orilla del Manzanares, contemplaban el palacio Real, que les quedaba al frente, alzándose majestuoso sobre una colina:

—¿Qué estará haciendo ahora el señor rey, madre?

—Estará mirándonos, asomado a la ventana.

—Y, ¿en qué pensará?

—El pobre rey pensará: «¡Ay, quién pudiera estar tranquilamente sentado a las orillas del río...!».

—¿De verdad pensará eso, madre? —preguntaba Marcos.

Su madre reía y no contestaba.

—Mira, Marcos, parecen velas desplegadas —decía poco después señalándole las sábanas tendidas entre un arbolillo y otro, que el viento agitaba.

Marcos se imaginaba que su madre y él navegaban en un barco de anchas velas blancas por un mar azul e inmenso que él nunca había visto.

Al caer la tarde, madre e hijo recogían la ropa tendida, y después de entregarla a sus dueños, regresaban a la pequeña habitación que tenían alquilada en una casucha de la calleja de la Lechuga, cerca del convento de Santa Ana[4].

Casi todas las noches cenaban sopas de ajo o de cebolla... Pero algún día las cosas cambiarían, su madre decía que estaba segura y, por tanto, Marcos también lo estaba.

Sin embargo, cierta mañana de un mes de julio, su madre quiso levantarse y no pudo. Corría por Madrid una mala epidemia de tabardillo, y por lo visto se coló de rondón en la casucha en la que vivían. Pero no la emprendió con la dueña, que era una viuda vieja y agria, sino con su madre, que era aún joven y amorosa. Marcos no acababa de creerlo... Hizo todo lo que pudo, que no fue otra cosa que darle agua y besos... Una semana después estaba solo en el mundo.

La viuda lo llevó al hospital de niños desamparados. «Esta es tu casa y tu familia», le dijeron, pero tal casa y tal familia no le gustaron y, además, se sentía prisionero. Por eso, cierto día del Corpus,

---

[4] No existen actualmente.

cuando los huérfanos acompañaban a la procesión con cirios encendidos, aprovechó el barullo que había en las calles y desapareció entre la multitud.

No cesó de correr hasta que, pasado el puente nuevo de Segovia, se encontró al otro lado del río. Cuando se dejó caer en la orilla, aún seguía envuelto en el olor del incienso y continuaba oyendo el sonido de los cánticos. No había estado en las riberas del Manzanares desde que murió su madre, y mientras todas las campanas de la ciudad repicaban alegrías, él se sintió invadido de tristeza. Entre lágrimas recordaba su rostro amado, y en el interior de su corazón escuchaba el eco de antiguas palabras:

«¿Qué estará haciendo ahora el rey, madre?».
«Estará mirándonos, asomado a su ventana».
«Y ¿en qué pensará?».
«El pobre rey pensará: "¡Ay, quién pudiera estar tranquilamente sentado a las orillas del río...!"».

Pero ahora el señor rey no estaba en su palacio. Marcos sabía que el gran Felipe IV presidía, junto al conde-duque, la procesión del Corpus.

Y también sabía que ya que su buena madre no estaba en la tierra, a nadie iba a importarle Marcos Gómez sino a él mismo, porque una sola cosa aprendió en la casa de los desamparados, y esta fue que, en este mundo, el que quiere vivir ha de buscarse la vida.

Y eso precisamente hizo, unas veces con mejores artes que otras: fue lázaro de ciego*, mozo de posada, esportillero* en el mercado de la plaza Mayor...

Conoció a mucha gente y oyó muchas cosas, algunas malas y otras peores... Hasta que cierto día se hizo con una guitarrilla y cambió su suerte.

El caso fue así: la guitarra estaba sola en la puerta de un mesón, y como él también estaba solo, pensó que sería buena cosa juntarse, y lo más pronto posible.

La guitarra y Marcos hicieron buenas migas desde el primer momento. Claro que tocar, tocaba de oído; pero de buen oído. Cantar también cantaba y, con tanto gusto y gracia, que hasta las penas más negras olvidaba aquel que le escuchaba. Así cada día, al caer la tarde, su sombrerillo se llenaba de reales, lo que le permitía comer caliente en algún mesón y alquilar una cama para pasar la noche.

VI

DE CÓMO MARCOS GÓMEZ ENCONTRÓ A DON ALFONSO DE MIERAS

Corría el año de 1630. Los ánimos en España habían ido decayendo. Era a causa de la guerra, o mejor dicho de las guerras, porque además de en Alemania se mantenían viejos conflictos en los Países Bajos e Italia.

En Alemania sucedía que el rey de Dinamarca, como antes el de Suecia, se había unido a los príncipes protestantes que luchaban contra el católico emperador de Austria, a quien España ayudaba desde hacía doce años, a pesar de que sus gentes apenas podían resistir la sangría de hombres y dinero que tal ayuda suponía.

Y precisamente entonces, el conde-duque había empezado las obras de un nuevo palacio por detrás del Prado de San Jerónimo, un palacio que sirviera como retiro al rey y que nada tuviera que envidiar al de Versalles. ¿Acaso el rey don Felipe IV tenía menos majestad que su cuñado Luis XIII de Francia...?

Y mientras tanto, el pueblo, que se sentía oprimido y agobiado, procuraba olvidar sus penas cantando y oyendo cantar. Por eso, Marcos Gómez, todavía casi un niño, cogía su guitarra y le daba al pueblo lo que pedía y necesitaba.

* * *

Anochecía en la plazuela de Santa Cruz. Había sonado ya el Ángelus de la tarde y las golondrinas rizaban sus últimos vuelos. Nada se oía en la plaza sino los rasgueos de la guitarra de Marcos. Y al fin también cesó la música, y una lluvia de monedas cayó sobre su sombrerillo.

Marcos lo agradecía con una sonrisa y con un «Dios se lo aumente». Cada cual daba lo que podía, y quien nada podía, nada daba... Pero aquella tarde el muchacho no le quitaba ojo a un hombre grande y mal encarado que lucía capa del mejor paño y hermoso sombrero de plumas. Le parecía que pensaba marcharse sin pagar; tal cosa no era justa, y, por tanto, no estaba dispuesto a consentirlo. En efecto, eso hizo el tal hombre, aunque él le agitó el sombrero varias veces delante de las mismas narices.

Marcos no era discutidor, así que no discutió. Se limitó a seguirlo hasta cierta calle muy concurrida. Allí empezó a correr con carrera de galgo y tropezó contra el hombre grande con tal violencia que este estuvo a punto de perder el equilibrio. Se deshizo Marcos en excusas y después continuó corriendo.

Siguió el hombre su camino, muy malhumorado por cierto, y casi enseguida comenzó a gritar:

—¡Al ladrón! Detened a ese malandrín que corre. Me ha robado la bolsa. ¡Al ladrón! ¡A mí la justicia!

Marcos corría como si el propio diablo lo persiguiera. Pero quiso la mala suerte, o la buena, según se considere, que aquella vez la justicia estuviera cerca por partida doble y se lanzara en persecución de Marcos.

Así el muchacho se encontró con una ronda de alguaciles que le seguían por detrás y con otra que le salió por delante. De modo que Marquillos Gómez, con gran dolor de su corazón, no tuvo otro remedio que tirar la bolsa hacia cualquier parte. Pero así, cuando los alguaciles le detuvieron, no se la encontraron encima:

—Lo veis, no robé yo nada a ese hombre, debió caérsele la bolsa... —protestó con mucha convicción.

—¡Voto al diablo! El muchacho me robó la bolsa; si ahora no la tiene, será porque se la ha entregado a algún amigo suyo —bramaba el hombre grande jadeando a causa de la ira y de la carrera. Dudaban los alguaciles, sobre todo porque el hombre que acusaba al muchacho precisamente tampoco parecía ningún caballero. Y de pronto, vieron acercarse a don Alfonso de Mieras, a quien conocían bien, agitando una bolsa en el aire.

El pobre Marcos comenzó a pensar en su piel hecha tiras...

—¿Es esta la bolsa que buscáis? —preguntó don Alfonso al agitado hombre que no paraba de vociferar.

—¡Por el cuerpo de Cristo! ¿Dónde la habéis encontrado?

—La encontré en el suelo. Debió de caer cuando tropezasteis. El muchacho no os la robó, por tanto, tomad vuestra bolsa y dejadlo ir en paz.

Los ojos de Marcos se abrieron de par en par, tanto a causa del alivio como de la sorpresa.

El hombre tomó su bolsa y se retiró rápidamente. Los alguaciles se retiraron también.

Don Alfonso de Mieras y Marcos Gómez quedaron frente a frente.

El caballero tenía los ojos irónicos y en sus labios se abría una sonrisa de sorna. El muchacho tenía los ojos confusos y avergonzados, y en sus labios no se abría sonrisa alguna.

—La bolsa se me vino a las manos como si cayera del cielo —dijo don Alfonso.

Marcos dudó unos momentos y luego preguntó:

—¿Por qué no me habéis delatado?

Don Alfonso se encogió de hombros:

—Aún me lo estoy preguntando —respondió.

Y no mentía. Fue un impulso. Madrid estaba lleno de pícaros; pero seguramente pensaba que aquel muchacho era demasiado joven para acabar en la cárcel. ¿Qué podía aprender un niño en tal lugar sino a ser un rufián para toda su vida? Quizás pensaría, como en otras ocasiones, que la verdadera causante de aquellos hurtos, que eran una plaga en la corte, no era otra que las injusticias de la vida, que obligaba a tanta gente a buscarse el sustento de cualquier forma.

Marcos Gómez hubiera podido escapar mientras Alfonso de Mieras daba vueltas en su cabeza; pero no lo hizo. ¿Por qué? También fue un impulso... Y de pronto dijo:

—Esto que habéis hecho por mí no lo hubiera hecho nadie más.

—Quizás sí.

—No. Hace casi cinco años que llegué a la corte, y desde entonces nadie me ha ayudado.

Don Alfonso de Mieras contempló en silencio al muchacho que tenía delante.

—Señor, yo quisiera pagaros este gesto vuestro; pero no sé cómo... No soy de los que olvidan un favor ni una ayuda, y aunque me veáis como me veis, no nací en la calle, sino de la mejor de las mujeres —añadió Marcos con voz sentida.

—Entonces, no creo que vaya a alegrarse de esto que has hecho.

Marcos bajó la cabeza y recordó a su madre con mucha pesadumbre.

—Anda, ve con ella y procura ganarte la vida más honradamente, porque, si no, acabarás en galeras* o colgando de una cuerda.

Marcos no dijo nada.

—Anda, ve con tu madre, que es tarde y estará esperándote —insistió don Alfonso.

—Mi madre murió hace más de tres años —susurró Marcos con voz sorda.

Y esta vez fue don Alfonso de Mieras el que calló. Pensaba en lo dura que llegaba a ser la vida a veces, y se preguntaba cómo podía decir adiós a aquel pilluelo y regresar tranquilamente a su casa, dejándolo solo y a su suerte en las calles de Madrid.

Y de repente, el pequeño Marcos Gómez, que había adivinado sus pensamientos, le preguntó, casi en susurros, como si le asustara hacer en voz alta tan descabellada propuesta:

—¿Por casualidad no necesitará vuestra señoría algún criado? Si me empeño, yo lo puedo hacer casi todo: cuidar de los caballos y aparejarlos, y tener a punto los coches; acarrear agua y partir leña, encender los fogones y las chimeneas, ir al mercado, pelar pollos, pavos...

Don Alfonso le interrumpió con sus risas y dijo:

—Ya veo que sirves para todo... —y enseguida añadió—: Muchacho, ¿olvidas cómo te he encontrado?

Pero Marcos Gómez le insistió, porque no leyó en sus ojos una completa negativa:

—Señor, yo sé que esto de hurtar la bolsa fue mala cosa; pero ved que he vivido mucho tiempo solo y no he tenido buenas compañías. Sin embargo, os juro que jamás tocaría ni un hilo de vuestras ropas, aunque me muriera de hambre.

Don Alfonso miró a Marcos profunda y largamente, y el muchacho le sostuvo la mirada; pero no con insolencia, sino como el que hace una promesa y está decidido a cumplirla.

—Pues entonces, probemos; pero te advierto que, si rompes mi confianza, te buscaré por todo Madrid, te azotaré con mis propias manos y luego te entregaré a la justicia.

—Haríais bien si yo quebrara vuestra confianza; pero no lo haré —aseguró Marcos.

Y no lo hizo. Desde aquel día, Marcos Gómez no tomó nada que no le perteneciera, ni en casa de don Alfonso ni fuera de ella. Por otra parte, se convirtió en el mejor de los criados. Hizo de recadero, de ayudante de cocina, de mozo de cuadra y de portería... hasta que llegó a ser paje de confianza.

A cambio, de don Alfonso recibió protección y cobijo, y se le abrieron de par en par las puertas del conocimiento: aprendió a leer y a escribir, con tanto afán y tantas prisas que muy pronto fue capaz de entender todos aquellos libros que había en la biblioteca de su señor. Y eran muchos, tanto de los grandes escritores de la antigüedad como de aquellos otros con los que solía encontrarse en las calles de Madrid.

Don Alfonso también disfrutaba viendo cómo Marcos aprendía y progresaba. «Parece que has estado en el colegio de los padres Jesuitas y luego en Salamanca[1]», le decía. A veces, leían juntos alguna poesía, y entonces sus voces y sus sentimientos se convertían en una sola voz y en un solo sentir:

> *¡Qué descansada vida*
> *la del que huye*
> *del mundanal ruido*
> *y sigue la escondida senda*
> *por donde han ido*
> *los pocos sabios*
> *que en el mundo han sido!*
> FRAY LUIS DE LEÓN

---

[1] Se refiere a la universidad.

Y a veces, cuando se hacían reuniones en casa de don Alfonso con los hombres de letras y de las artes, al joven Marcos se le permitía asistir a ellas, y se sentía transportado al séptimo cielo oyendo hablar a Lope, Calderón, Quevedo, Tirso de Molina, Guillén de Castro, Ruiz de Alarcón... Porque don Alfonso a todos recibía, sin importarle si eran mejor o peor vistos en la corte, o si entre ellos había o no buenos entendimientos.

El caso era que don Alfonso de Mieras llegó a tener a aquel nuevo Marcos Gómez, que poco a poco iba reemplazando al antiguo picaruelo, un profundo afecto y una total confianza.

En cuanto a Marcos, don Alfonso era para él mucho más que un buen señor, incluso aún más que un buen amigo. Don Alfonso de Mieras lo era todo para Marcos Gómez, era su familia y también su casa. Todo se lo debía y todo estaba dispuesto a darle. Por eso, aunque nada comprendía, puso el mayor empeño en ayudar a su señor en la búsqueda de aquella dama desconocida de la que tan extrañamente se había enamorado.

VII

SEGUIR BUSCANDO

Continuaron pasando los días sin que Alfonso de Mieras ni su fiel Marcos supieran nada de la hermosa desconocida. En cuanto a Catalina de Maderna, que había prometido indagar en palacio, tampoco consiguió averiguar nada sobre ella.

—¿Estás segura, Catalina, de que no hay en palacio ninguna dama nueva que no sea esa pobre doña Teresa de Henestrosa? —preguntaba don Alfonso desconcertado.

—Completamente, Alfonso.

—Pero yo bailé con ella, y luego he vuelto a verla en el Prado.

—No será dama de la reina —apuntó Catalina.

—Y entonces, ¿cómo salió de palacio sin que nadie la viera?

—Solo se me ocurre que sea familiar de alguna de las monjas de la Encarnación y marchara en secreto desde palacio al monasterio por el pasadizo que los une.

—¡Bendita seas, Catalina!, que me has abierto las puertas del cielo, seguro que ha de ser eso —exclamó don Alfonso entusiasmado.

Pero no lo era: ninguna joven dama se había alojado en el convento por aquellas fechas, y si lo hubiera hecho, ¡jamás habría pasado a palacio por el pasadizo que solo usaban la familia real y el conde-duque!, afirmó la priora, ofendida y escandalizada, a don Alfonso de Mieras.

¿Y qué podía hacer don Alfonso? Lo que hasta entonces había hecho: seguir buscando, pero ahora acompañado por Marcos, aunque este lo que de verdad deseaba era que su señor olvidara a aquella extraña dama que aparecía y desaparecía sin dejar rastro. Lo que de verdad quería Marcos era el bien de don Alfonso, y estaba seguro de que ese bien consistía en casarse con doña María de Zúñiga y tener muchos hijos juntos. De modo que, siempre que podía, le hablaba de ella, aunque con mucho tiento y tino.

Y también le hablaba del conde-duque, y de la gran estima en que le tenía el que era el hombre más importante de España después del rey porque, según pensaba Marcos, el porvenir de su señor estaba unido al del valido*. Por eso, un día se atrevió a decir:

—Señor, pensad que el conde-duque os necesita, y que lo que deberíais hacer es ir a palacio y hablar con él para que os dé un puesto en uno de los concejos del reino.

Don Alfonso de Mieras quedó en silencio, y Marcos, sin recordar que solo era un joven paje, por mucho que su señor lo estimara, prosiguió, hablando cada vez con menos prudencia:

—Pero si os olvidáis de las grandes y gloriosas empresas y permanecéis todo el día en las nubes...

Y de repente, añadió, aun con mayor osadía:

—¿Sabéis, señor, que doña María de Zúñiga os recuerda constantemente y, aunque no entiende lo que os sucede, está dispuesta a olvidar vuestra extraña conducta? Lo sé porque me lo ha dicho su doncella de confianza. Pensad que doña María es hermosa y alegre, hija de un grande de España* y ahijada del hombre que verdaderamente dirige el reino. Si os casarais con ella...

—¡No voy a casarme con doña María, Marcos! —gritó don Alfonso.

—Perdonad, señor, yo solo lo dije porque pensaba en vuestra felicidad... —murmuró el paje con voz abatida y avergonzada.

—Ya no podría, Marcos, porque amo a otra mujer —explicó don Alfonso suavizando su tono—. Y aunque mi dama no existiera, tampoco me casaría con doña María de Zúñiga. Antes creía que la amaba, pero ahora sé que lo que sentía por ella solo era atracción. El amor, mi buen Marcos, es algo diferente: dulce, embriagador... y ¡tan intenso!

Marcos dejó caer la mirada al suelo: le preocupaba que su señor estuviera dispuesto a renunciar a una mujer de muy alta alcurnia como era doña María, y que, además, le amaba de verdad, por seguir a una dama a la que solo había visto dos veces y de la que no sabía absolutamente nada... Él decía que ella también lo amaba porque lo había leído en sus ojos... «¡Oh, Dios, con cuanta frecuencia puede equivocarse uno interpretando miradas...!», pensaba compungido. Tanta era su desazón que don Alfonso se sintió en la obligación de decir:

—No te preocupes, Marcos, que hablaré con el conde-duque.

—¿Cuándo, señor? —preguntó Marcos con alegre interés.

—No sé, Marcos... ¡en cuanto encuentre a mi dama!

—Ah, entonces... —susurró Marcos, nuevamente desilusionado.

—¡La encontraré!, sé que la encontraré, lo que no sé es cómo —exclamó don Alfonso con rotundidad para enseguida añadir—: Y lo que tampoco sé es de qué manera desapareció el otro día en el Prado: estaba ante mis ojos y de repente... Lo pienso y lo pienso, y no lo entiendo...

—Dejad ya de dar vueltas en vuestra cabeza... No penséis tanto en ella, señor, distraeos un poco... Si dais algo de sosiego a la mente, puede ser que se aclaren vuestras ideas.

—Quizás tengas razón, mi buen Marcos, últimamente no he hecho otra cosa que buscar a ciegas... Y es cierto que dar muchas vueltas en la mente crea confusión y desánimo —concedió don Alfonso, y luego añadió—: ¿Sabes en lo que estoy pensando?

Marcos se encogió de hombros y enarcó las cejas.

—Pues estoy pensando en que la temporada de caza ya casi llega a su fin.

Marcos miró a su señor con cierto resentimiento y dijo:

—Bien que la hemos desaprovechado. Hace dos semanas que el rey tiró a los corzos en los cazaderos de El Escorial y la semana pasada dio una batida de jabalíes en El Pardo... Casi toda la nobleza de Madrid estaba junto a don Felipe.

—Pues mañana, mañana tú y yo hemos de salir de caza, Marcos.

Los ojos de Marcos se encendieron como dos soles pequeños:

—¿Lo decís en serio? —preguntó con voz jubilosa y esperanzada.

—Completamente en serio —afirmó don Alfonso—. Y luego seguiremos buscando a mi dama, porque ¡nunca dejaré de buscarla!, Marcos.

«Quién sabe?», pensó Marcos. «Si yo consigo que os distraigáis, ¿quién sabe?... Y una jornada de caza es una buena forma de empezar a distraerse... ¡Mañana!, mañana será un día de alegría y emociones para los dos, don Alfonso, mañana no os dará tiempo de pensar en esa dama vuestra, porque yo pondré todo mi empeño en ello».

VIII

Dos cazadores
sin caza

Al día siguiente partieron al alba. ¡Qué contento iba el buen Marcos! ¡Y qué galán don Alfonso!: coleto* claro de ante, gorra oscura, finas botas de caña, suaves guantes color ámbar... No era de extrañar que doña María de Zúñiga estuviera dispuesta a olvidar su desconsiderada conducta. Doña María, y doña Inés, y doña Catalina... cualquier dama, por muy alta que fuera su nobleza, gustosa le ofrecería la luna si él se la pidiera. O, al menos, eso pensaba su fiel paje.

Salieron de Madrid por el camino que llamaban de Guadarrama, que comenzaba corriendo entre el río Manzanares, a la derecha, y la Casa de Campo, a la izquierda.

Don Alfonso de Mieras buscaba en el aire mañanero la alegría y la calma que hacía algún tiempo tenía perdidas, e intentaba no pensar en otra cosa que no fueran aquellas sierras que se le ofrecían al frente tan hermosas y nevadas.

—Aquí se puede respirar hasta lo hondo, sin miedo a que los malos olores de la ciudad nos asfixien —rió Marcos aspirando el aire a bocanadas.

—Tienes razón, este aire tan puro y este cielo tan claro dan vida —exclamó don Alfonso espoleando alegremente a su caballo.

Marcos lo siguió sintiéndose feliz: aquel era su don Alfonso de siempre, el hombre entusiasta y jovial que disfrutaba de igual modo con las cosas pequeñas y con las grandes.

—¡Qué bello está el campo, Marcos! Fíjate en el suave verdor de la hierba, a estas horas húmeda de rocío. Se la ve tan dichosa...

«Sí, este es el don Alfonso de siempre», pensó Marcos sonriendo.

Pasando el lugar de Majadahonda, aliviaron a los caballos cambiándoles los galopes por un trotecillo corto. También ellos parecían contentos. Pues y los perros... ¡los perros ladraban con tanto gozo al día que comenzaba...! De pronto se detuvieron y, ansiosos, olisquearon el aire.

Marcos cargó la escopeta y se la alargó a su señor.

—Ahí los tenéis —susurró, señalándole excitado una pareja de corzos, macho y hembra, que marchaban juntos y en calma entre los árboles.

Don Alfonso de Mieras levantó el arma y apuntó. Sin embargo, ningún tiro quebró el silencio del monte.

—¡Ahora, señor! —se impacientó Marcos; los perros también se impacientaban.

Pero don Alfonso siguió sin disparar: aquellos dos corzos parecían tan felices y se miraban tan amorosamente... Sus ojos eran dorados y mansos, alegres y luminosos, y caminaban con tanta delicadeza y elegancia...

—¡Vamos, don Alfonso, disparad de una vez! —apremió otra vez Marcos.

Don Alfonso de Mieras bajó el arma y dio la vuelta a su caballo.

—¡Regresamos a casa, Marcos! —dijo comenzando a galopar otra vez de nuevo hacia Madrid.

Marcos abrió los ojos de par en par y lo siguió con la peor de las ganas, perplejo y enfadado. ¿Cómo era posible que su señor hubiera dejado escapar a dos piezas tan fáciles...? ¡Dios mío, qué extraña necedad la suya! ¿Estaría en su sano juicio? Y ahora ¿por qué daba la vuelta? No, no conseguía entenderlo.

Regresaron a Madrid en silencio y, aunque marchaban próximos, se hallaban distanciados en los sentimientos: el campo ya no existía para don Alfonso, volvía a pensar únicamente en su dama.

«Y yo que me las prometía tan felices... ¡Qué tiempo más hermoso...! Y nosotros otra vez en Madrid... Pero si apenas hemos salido de él», pensaba Marcos mientras contemplaba tristemente la ciudad desde las orillas del río.

Subiendo por la cuesta de la Vega, don Alfonso no apartaba la mirada de las ventanas de palacio, y de pronto Marcos lo vio galopar hacia el edificio agitando gozoso su sombrero en el aire. El joven paje, sin entender la alegría de su señor, se lanzó tras él.

Don Alfonso de Mieras detuvo su caballo en seco ante una de las ventanas del segundo piso y allí se mantuvo sin hacer ni decir nada, mirando hacia lo alto con una ancha sonrisa abierta en sus labios, sonrisa que, por cierto, a Marcos le parecía más bien boba.

Después de algún tiempo, don Alfonso agitó otra vez su sombrero en un claro gesto de despedida; pero Marcos no supo de quién se despedía, porque él, por más que miró, no vio a nadie en ninguna de las ventanas del palacio Real.

Cuando Alfonso de Mieras se volvió hacia Marcos, parecía otro hombre: sus ojos grises ardían como ascuas y brillaban de felicidad.

—¿La has visto, Marcos? ¿Verdad que es la mujer más hermosa del mundo?... No eran imaginaciones mías, ella es una dama de la reina, y esta vez no ha desaparecido, sencillamente se ha retirado después de saludarme gozosa. Doña Catalina me ha engañado; no sé por qué, pero lo ha hecho. Sin embargo ya no la necesito: ¡sé que mi dama está en palacio! La he visto y tú eres mi testigo —en la voz de don Alfonso había tanto gozo y tanta esperanza que Marcos no sabía qué hacer.

—Señor, yo... —dudó, pero no se atrevió a decirle que no sabía de qué dama estaba hablando.

—Tú la has visto, Marcos, ¿no es cierto? —repitió don Alfonso.

—Sí, señor, la he visto —mintió finalmente Marcos con voz trémula.

—Pues entonces, ¡adelante! —exclamó don Alfonso y, espoleando a su caballo, cruzó la plazuela de palacio y se precipitó en el patio de la reina.

—Pero, ¿adónde vais, señor? ¡Deteneos, por Dios, deteneos! —gritaba Marcos angustiado.

Los dos patios de palacio, el llamado del rey y el de la reina, eran en aquel momento un auténtico hormiguero humano: pajes, palafreneros, bufones, dueñas, vendedores, pedigüeños... y contra todos ellos se echó, sin verlos, don Alfonso.

—Pero, ¿qué hacéis? ¿Os habéis vuelto locos? ¿Queréis matarnos? —gritaron varias voces indignadas y sorprendidas.

—¡Se desbocó su caballo! —gritaba también Marcos con la sana intención de protegerlo, y mientras tanto se encomendaba a todos los santos para que no apareciera la ronda de alguaciles que, desde luego, no podía estar muy lejos.

Por fortuna, la ronda no apareció, y Marcos pudo detener el caballo de su señor y, tomándolo de las riendas, susurró al oído de don Alfonso.

—Yo os ayudaré, señor, y encontraremos a vuestra dama; pero no de este modo. Seguramente, ella estará ahora con la reina. ¿Qué queréis, entrar a caballo en las habitaciones de su majestad? ¿No entendéis que los miembros de las tres guardias[1] os detendrían y no conseguiríais otra cosa sino que os tomaran por loco? Volvamos a casa, don Alfonso, y tracemos un plan tranquilamente.

Don Alfonso dudó unos momentos y por fin dijo:

---

[1] Había tres guardias reales distintas.

—Como siempre, tienes razón, mi buen Marcos. Volvamos a casa y tracemos un plan para entrar en palacio y hablar con mi dama. No ha de ser difícil ahora que ambos estamos seguros de que ella está en palacio. La buscaremos unidos, Marcos, y con todo afán, pese a quien pese, porque hay alguien que se empeña en que yo no la encuentre, y me pregunto si será ese alguien doña María de Zúñiga, o alguna de sus muchas amigas.

Cabalgaba erguido de vuelta a casa don Alfonso, con los ojos alegres y el espíritu ilusionado. Marcos, en cambio, marchaba con los ojos y el espíritu oscurecidos: estaba hondamente preocupado por la salud de la mente de su señor. Le parecía que don Alfonso veía visiones, ya que la hermosa dama a la que tanto decía amar no estaba en ninguna parte, o, por lo menos, aquella mañana no lo había estado.

IX

LA OTRA GENTE
DE PALACIO

De vuelta en casa, don Alfonso no podía contener su gozo:

—¿Lo ves, Marcos?, yo no me equivocaba, era una dama de la reina... Y ahora sé dónde encontrarla... ¡Oh, qué feliz me siento! La amo, y ella también me ama.

—¿Cómo sabéis que ella os ama, señor? ¿Cuándo se lo habéis preguntado? Hoy no, pues yo no os he oído pronunciar palabra alguna —se atrevió a decir Marcos.

—Por sus ojos, que estaban prendidos de los míos y me hablaban. Nos hablamos con los ojos, me parece que ya te lo había dicho. Nuestras miradas son tan hondas y tan claras que ninguna palabra podría explicar lo que con ellas nos decimos —don Alfonso calló unos instantes y enseguida añadió—: ¿Verdad que es la mujer más hermosa que hayas visto en tu vida? Sencilla y elegante al mismo tiempo, sin adornos, porque no los necesita. A no ser ese pequeño colgante suyo, ¿lo viste, Marcos?... Y ahora que lo pienso, tampoco esta vez podría decir yo de qué color era su vestido. Ocurre que, cuando la miro, veo sus ojos, que son tan dulces y tan alegres, y su pelo, del color del trigo, y su grácil figura... Pero nada más veo, a excepción de esa pequeña joya de piedras azules... Quizás sea porque ese colgante no es solo un adorno, sino que forma parte de ella misma. ¿Me entiendes, Marcos?

Marcos no respondió.

—Me refiero a que le sea querido, un recuerdo muy apreciado que nunca se quita —explicó don Alfonso, y enseguida preguntó—: Dime, Marcos, ¿te fijaste tú en el color de sus vestidos?

Marcos sacudió la cabeza negando.

—¿Y en el colgante, te fijaste en el colgante? —insistió don Alfonso.

Marcos hizo un gesto vago:

—Las ventanas de palacio son tan altas...

—Entonces lo único que apreciaste fue la hermosura de mi dama...

Marcos Gómez no sabía qué decir; pero don Alfonso esperaba una respuesta.

—No tan claramente como hubiera querido... —contestó al fin.

—Pues no te preocupes por eso, mi buen amigo, porque llegará el momento en que ella y yo no volvamos a separarnos. Y entonces podremos verla, tú y yo, a todas horas. Vivirá en esta casa como señora tuya y reina mía. Y ahora, Marcos, tracemos ese plan del que antes me has hablado.

Marcos Gómez comenzó a dar vueltas en su

cabeza, buscando desesperadamente un plan o algo que se le pareciera. Tosió, parpadeó, volvió a toser y acabó diciendo, con voz que procuró pareciera segura:

—Sosegad y dejad el empeño en mis manos.

—Ya sé, Marcos, que tú eres ingenioso y muy inteligente; pero, dime, ¿qué es lo que se te ocurre para hallar a mi dama?

—Nada semejante a lo que pretendíais hace un rato, porque, una vez dentro de palacio, decidme: ¿qué haríamos? ¿Ir de aposento en aposento, o de salón en salón, preguntando: «Es aquí donde mora la dama más hermosa del mundo»? Y por otra parte, si vuestra amiga doña Catalina de Maderna se empeña en decir que no la conoce, quizás tampoco la conozcan las otras damas, o al menos eso dirán...

—¿Y entonces, Marcos?

—Entonces, se trata de entrar en palacio de otra forma y de hablar con otras personas.

—¿Con otras personas? ¿A quién conoces tú en la casa del rey?

—Oh, señor, a muchísima gente: en las cocinas, en los lavaderos, en las caballerizas, en las perreras...

—Pero, Marcos, no creerás en serio que mujer tan delicada pueda ser moza de cocina o de lavadero —se escandalizó don Alfonso.

—No, no creo tal cosa; pero por las cocinas y lavaderos, por las caballerizas y perreras, corren como el agua los secretos que los más altos caballeros y damas creen guardados con siete llaves.

Por no hablar de lo que saben bufones y enanos[1]...

En los ojos de don Alfonso se encendió una pequeña llama: tenía razón Marcos, no había nadie en palacio que estuviera más cerca, aunque también más lejos, de los reyes y los gentileshombres y damas que los enanos y los bufones.

—Y entre aquellos —continuó diciendo Marcos— hay una pareja a la que me une una cierta forma de afecto.

Don Alfonso miró a su paje sorprendido, y este comenzó a contarle una historia que nunca antes había contado:

—Conocí a estos dos enanos, hombre y mujer, antes de que vivieran en palacio. Gente de la calle eran, igual que yo mismo, y se ganaban la vida como podían. Él era recadero de una tienda de cuero, y ella, moza de fregar escaleras en una mala posada cercana a la Puerta del Sol. Se conocieron y se enamoraron en la romería de san Blas. Entonces, el invierno se les tornó primavera, porque mirarse y quererse fue todo uno. Pero al enamorarse todo cambió para ellos. La vida se les volvió más dulce y más amarga al mismo tiempo. Más dulce porque se sabían amados, y más amarga porque, desde entonces, las mofas que desde niños habían soportado fueron dobles, ya que también les dolían las que al otro le hacían, y aun más que las propias. Precisamente, el día en que los

67

---

[1] Unos y otros vivían en casas de nobles, que los utilizaban para su entretenimiento.

conocí les cayó encima una lluvia de ofensas y crueles burlas: procuraban ellos verse todas las tardes, siempre en algún lugar discreto y apartado. El día del que os hablo se hallaban en una recóndita plazuela. Tenían por completo olvidadas las tristezas cotidianas y, únicamente por estar juntos, eran felices.

Quiso la mala suerte que los descubriera un grupo numeroso de soldados recién licenciados de Flandes, de esos tantos que, por estar desocupados, hallan contento en cometer fechorías de todo tipo. En este caso formaron un ruidoso corro alrededor de los dos pobres enamorados. Comenzaron con carcajadas, siguieron con palmas y cantos groseros y pidieron por último un baile a gritos. Ya sabéis, señor, pedían uno de esos atrevidos bailes, chaconas[2], zarabandas..., que en mozas bien hechas tanto gustan; pero en mujer pequeña y mal formada... Se negó la pobre Marichuela repetidamente; pero uno de los soldados la tomó por la fuerza y, alzándola, le hizo dar vueltas en el aire, sin ningún miramiento, como si fuera una muñeca rota... No puedo olvidar de qué forma se reían los soldados, dando palmadas y cantando a gritos:

¡Vida bona, vida bona,
vámonos a la chacona!

Mientras tanto, el desgraciado y enfurecido enano insultaba y daba golpes con los puños y los pies

---

[2] Baile popular y atrevido.

a todo el que podía, hasta que otro de los soldados lo alzó también... Y allá que fueron la pobre Marichuela y el pobre don Agustinito, gira que te gira, cada vez más deprisa...

Pero no paró ahí la cosa porque, cuando al fin quedaron ambos en el suelo, enfermos de humillación y mareo, alguien de aquella mala gente, que por ser mucha aún era peor, hizo ademán de levantar las faldas de la afligida enana. Gemía la pobrecilla sujetándolas, y su compañero suplicaba que a él le hicieran lo que quisieran, pero que a ella la respetaran...

Y entonces, yo, que por ser niño también me ocultaba de aquella chusma, no pude soportarlo y cogí mi honda. Muy pronto comenzó a caer sobre los soldados una inesperada lluvia de esos guijarros que tanto abundan en las calles de Madrid. Y mientras mis manos hacían justicia, mi boca también la pedía:

—¡Aquí la ronda de los alguaciles! ¡Aquí mismo, que atacan a la buena y honrada gente! —gritaba.

Para nuestra suerte, la ronda no estaba lejos y, oyéndolos, los soldados huyeron hacia Lavapiés, mientras que los dos enanos y yo lo hacíamos hacia la calle de Atocha porque no estábamos seguros de que los alguaciles fueran a tomarnos por gente buena y honrada.

Nos detuvimos en un portal de la plazuela de Antón Martín. Allí lloraron abrazados Marichuela y don Agustinito sin que yo supiera cómo consolarlos: lo que hacía era escupir la ira que me oprimía el pecho.

Fue en ese preciso momento cuando pasó por allí la infanta Doña María[3], hoy reina de Hungría. Regresaba, según me dijeron luego, del palacio del duque de Medinaceli, donde se había dado lectura a una nueva obra de don Francisco de Quevedo. El caso fue que la infanta reparó en los enanos, que lloraban abrazados, y en el niño furioso que era yo, y que también lloraba, tanto de compasión como de rabia.

Ordenó nuestra buena infanta que se detuvieran los caballos, me hizo señas para que me aproximara, quiso saber qué era lo que sucedía y yo se lo conté con todo detalle. Mis palabras ardían de indignación y doña María debió de conmoverse con ellas, porque, cuando terminé el relato, vi lágrimas en sus ojos.

Esa misma noche pasaron Marichuela y don Agustinito a su servicio, y desde entonces nadie osó hacer ninguna mofa de ellos.

Luego, la infanta partió hacia Hungría para casarse. Marichuela y don Agustinito la hubieran seguido hasta el fin del mundo; pero doña María pensó que vivirían mejor donde nacieron, y se los encomendó a su cuñada, la reina Isabel, que es quien ahora los protege y estima.

En fin, don Alfonso, esta es la historia, y estas son las personas de palacio a las que yo puedo pedir cualquier cosa. A ellos les encomendaré lo que tanto os importa, y, si vuestra dama vive en palacio, sabremos cómo llegar hasta ella.

---

[3] Hermana de Felipe IV.

Asintió don Alfonso en silencio porque también él se hallaba conmovido por cuanto acababa de oír. Tanto que aquella noche, durante la duermevela, junto al rostro amado y hermoso de su dama, no podía dejar de ver las figuras pequeñas y borrosas de dos enanos que se miraban enamorados.

Aquella noche, Marcos no durmió mucho ni muy bien. No entendía nada de cuanto estaba sucediendo, y le era imposible apartar de su cabeza la imagen de don Alfonso agitando el sombrero ante una vacía ventana del palacio Real.

Y ¿qué podía hacer él para ayudar a su señor?... Se le ocurría que solo seguirle la corriente y procurar que no se viera envuelto en algún embrollo. Para empezar, por la mañana hablaría con don Agustinito y Marichuela. Quizás aquella extraña dama, de la que don Alfonso estaba tan enamorado y a la que decía contemplar con tanta claridad, hubiera estado oculta detrás de algún cortinaje y por eso no alcanzara a distinguirla... Podría ser; pero lo dudaba porque tenía vista de lince.

X

EL CARNAVAL

Al día siguiente, don Agustinito y Marichuela escuchaban con atención y afecto a Marcos Gómez.

—No tengo yo noticia de ninguna nueva dama que no sea doña Teresa de Henestrosa, y mira que frecuento las habitaciones de la reina y suelo estar presente en el estrado* cuando se reúne con sus damas —dijo Marichuela.

—¿Y no será alguna joven dama de las que cuidan a la infantita? —preguntó Marcos.

—A la infantita la cuida su aya, asistida de otras dueñas*; todas ellas muy experimentadas. Esta niña es un tesoro para los reyes y para el reino. No hay damas jóvenes junto a ella —aseguró Marichuela.

—Puede ser que esta dama de la que tu señor habla no resida permanentemente en palacio, sino que acuda a él solo de cuando en cuando —apuntó don Agustinito.

—Sí, eso bien pudiera ser. Ya haré todo lo posible por averiguarlo —dijo Marichuela, y luego añadió—: Pero dame algunas señas de esa dama por la que don Alfonso se interesa.

—Según él dice, es mujer sencilla y no dada a adornos; su única joya es un colgante de piedras azules en forma de racimo de uvas. También dice que es de figura grácil y delicada, que sus ojos dorados son mansos y risueños, que su sonrisa es radiante y dulce y que de toda ella se desprende la luz... —repitió.

A las palabras de Marcos les respondió el silencio: Don Agustinito nada dijo porque su mirada estaba amorosamente detenida en Marichuela y ella le sonreía.

—Agustinito, ¿me has oído? —preguntó Marcos.

—Sí, te he oído, Marcos —respondió don Agustinito sin apartar la mirada de Marichuela—. Es grácil y delicada, sus ojos dorados son mansos y reidores, su sonrisa es dulce y radiante, y de toda ella se desprende la luz...

* * *

Don Alfonso de Mieras esperaba impaciente las noticias de Marcos. Pero no fueron estas las que él hubiera querido oír:

—Señor, ni don Agustinito ni Marichuela saben nada de esa dama de la que habláis; por tanto, doña Catalina de Maderna no pretendía ocultaros nada —dijo Marcos Gómez.

—¡Pues yo la vi y ella me vio! ¡Y tú también la viste! ¿De qué forma se explica esto?

Marcos no sabía qué responder. ¿Cómo podía decirle a don Alfonso que él no había visto a ninguna dama en los balcones de palacio? Lo que Marcos hizo fue tratar de detener nuevamente a su señor, que amenazaba con marchar en ese mismo momento a palacio y recorrerlo de punta a punta y de arriba abajo, revolviéndolo todo si fuera necesario.

—Os lo he dicho, don Alfonso, os tomarán por loco. Calmaos y sigamos pensando.

—¡Seguir pensando...! No hago yo otra cosa desde el día que la conocí.

—¿Y no podéis darme alguna señal más de ella? —preguntó Marcos con la única intención de ganar tiempo.

—¡No, Marcos! —gritó don Alfonso—. Ya te lo he dicho todo. Y ¡todo es que la amo y que me ama! No sé quién es, ni dónde vive, ni cómo se llama, te lo he repetido mil veces. Y ¿sabes una cosa? No me importa su nombre. Se llama ¡ella!, y es la única...

—No os alteréis. Continuaremos buscando, en alguna parte ha de encontrarse, y además el Carnaval está a la vuelta de la esquina, y en Carnaval las ocasiones de encontrar a alguien se multiplican —dijo Marcos.

Los ojos de don Alfonso se iluminaron: tenía razón Marcos, porque durante el Carnaval se sucedían las celebraciones y las fiestas. Todo el mundo, hombres y mujeres, viejos y niños, pueblo y nobleza, estaba en la calle y, aunque fueran enmascarados, cualquiera hablaba con cualquiera, y se hacían y se decían cosas que no se hubieran hecho o dicho en otras ocasiones.

Durante los Carnavales don Alfonso de Mieras acudió a mascaradas y saraos, a cabalgadas nocturnas, a meriendas y cenas, a los toros y a las representaciones, ya fueran estas en los corrales de comedias o en las casas de los nobles... En todas partes estuvo y en nada participó... Llegaba para irse enseguida, hablaba sin pensar en lo que decía y apenas escuchaba, y se pasaba el tiempo mirando por encima de los hombros de los demás para ver si conseguía divisar a la que tanto deseaba encontrar. En el palacio Real también estuvo, y sobre todo allí se puso de manifiesto su desasosiego, porque se acercaba anhelante a cuanta dama aparecía, para abandonarla casi enseguida. De modo que su nombre comenzó a correr de boca en boca, y todos sus antiguos amigos y conocidos se hacían la misma pregunta: «¿Qué es lo que puede sucederle a este don Alfonso, que ya no parece el mismo?».

—Tened calma, señor, ya la hallaremos —le decía su fiel Marcos—. Pero, mientras os sosegáis, tratad de obtener algún gusto a la vida.

Entre tanto, don Alfonso hacía lo imposible por buscar a la hermosa desconocida, Marcos iba a todos sitios con los ojos y los oídos abiertos de par en par. Incluso llegó a pedir a cada dama con la que se cruzaban, ya fuera en coche o litera, que hiciera el favor de descubrir su rostro. Aunque bien sabía que el empeño era vano, pues de nada conocía a la mujer a quien su señor tanto amaba.

En cuanto a doña María de Zúñiga, no perdía las esperanzas de reconquistar a don Alfonso; y así aprovechó los días del Carnaval, en los que lo veía en todas partes, y se engalanaba tanto y estaba tan hermosa que Marcos Gómez no podía comprender cómo su belleza morena no conseguía que su señor se olvidara de cualquier otra cosa. En los saraos, doña María siempre estaba rodeada de jóvenes que la agasajaban; pero a Alfonso de Mieras tal cosa en nada le importaba; realmente ni siquiera lo advertía. De cuando en cuando, los ardientes y negros ojos de doña María, que deseaba despertar sus celos, buscaban los ojos grises y ausentes de don Alfonso, y nunca los encontraba.

En fin, así el Carnaval corrió de camino hacia la Cuaresma, sin que se cumplieran las esperanzas de don Alfonso de Mieras, y sin que durante aquellos días él pensara en algo o en alguien que no fuera aquella de la que tenía la mente y el corazón llenos. Y durante el Carnaval nada ocurrió digno de ser narrado, a excepción de cierto asunto pequeño que hizo que don Alfonso dejara de pensar en sí mismo, al menos momentáneamente: sucedió el martes que precedía al Miércoles de Ceniza, cuando se dirigía, acompañado de su paciente y fiel Marcos, al palacio del conde de Lemos, donde iba a celebrarse un sarao con cena.

Marchaban por la carrera de San Jerónimo con ojos como de búho, mirando, al igual que siempre, a toda mujer joven con la que se cruzaban. De repente, oyeron un alegre griterío y apareció un perrillo sin raza que huía, asustado de sí mismo, perseguido de cerca por un grupo de jubilosos chicuelos. Alguien, seguramente uno de ellos, le había atado al rabo una olla agujereada y otros utensilios menudos de cocina.

Inesperadamente, Marcos se lanzó tras el aterrorizado perro. No tardó mucho en alcanzarlo y, saltando del caballo, lo detuvo. Los niños gritaban más alto y aun con mayores gozos; pero, cuando vieron a Marcos sacar su cuchillo, cesaron de gritar y retrocedieron asombrados.

El pobre perrillo temblaba de miedo; sin embargo, era bravo y se revolvía gruñendo y enseñando los dientes, de modo que a Marcos le costó cierto trabajo cortar la cuerda que pendía de su rabo.

Cuando el pobre animal se vio libre, se lanzó hacia el Prado como una exhalación, y lo perdieron de vista en segundos.

Don Alfonso y Marcos también continuaron su camino, con menores prisas, aunque seguidos de lejos por un coro de niños que les gritaban amenazas e insultos.

—Pero, Marcos, ¿por qué los has enojado de esa forma? —preguntó don Alfonso sin entender el comportamiento de su paje.

—Porque perseguían a ese pobre perrillo.

—Aún es Carnaval y todas las bromas están permitidas, esos rapaces solo querían divertirse...

—El perro no se divertía, y para él también es Carnaval.

—Pero ¿qué dices, Marcos? —rió don Alfonso.

—Digo que los animales también se asustan y sufren. ¿Permitiríais que alguien hiciera daño a vuestros perros?

—Pero ese perro no era tuyo...

—Veréis, señor, hace ya mucho, porque aún vivíamos en mi villa de Torreas, estaba yo una tarde de Carnaval disfrazado de pirata y jugando con otros niños a la gallina ciega. De repente oímos cierto estruendo, parecido al de hoy, seguido de risas y gritos. Dejamos mis compañeros y yo el juego, dispuestos a correr tras el perro enlatado que se aproximaba aullando. Cuando lo vi doblar por una de las esquinas, el regocijo se me fue por los aires: ¡aquel era mi perro, señor! Mi Canelo, el que me dieron hacía un año, todavía con los ojos cerrados. Recuerdo que me planté en la calle con los brazos abiertos y echando fuego por los ojos. Mi perro escapó y llegó a casa; pero no sabéis el tiempo que nos llevó tranquilizarlo, y, una vez liberado de la afrenta que llevaba en el rabo, se metió debajo de la mesa, y allí se estuvo, gimiendo de vergüenza, hasta el día siguiente. Yo ardía de enojo.

»—¡Han cogido a mi perro para hacerle burlas, madre, ¡a mi perro!»

»—Hoy han cogido a tu perro y lo has sentido porque es tuyo, pero, de no haber sido así, también hubieras corrido tras él. El caso es, hijo, que todos los perros tienen dueño, y el que no lo tiene bien quisiera tenerlo», me dijo mi madre.

—Qué singular mujer era tu madre, Marcos —dijo don Alfonso.

—Sí que lo era, señor; pero de nada le sirvió, como a tantas otras —dijo Marcos con voz tristemente honda.

XI

EL PADRE DE
DON ALFONSO

Pasado el Carnaval, justo el Miércoles de Ceniza, recibió don Alfonso noticias de su padre. El marqués de Altafría comunicaba a su hijo que en pocas jornadas estaría de vuelta.

Hacía una larga temporada que don Antonio de Mieras faltaba de Madrid. Ahora, junto con el marqués de Leganés, regresaba de Roma, donde se habían entrevistado con el Papa Urbano VIII, que intentaba mediar entre Francia y España para que, finalmente, no entraran en guerra directa. Pero, según parecía, el conflicto entre uno y otro país solo era cuestión de meses, quizás de semanas.

«Son los pecados de los españoles los que irritan a Dios, y por su justa ira nos vemos envueltos en tantas guerras. España dejará de ser la primera nación del mundo, y acabaremos sometidos a los franceses, que son cada vez más poderosos. ¡Penitencia, hagamos penitencia!», se predicaba en todas las parroquias y conventos de Madrid en aquel primer día de Cuaresma.

El pueblo, oyendo hablar del creciente poderío de Francia, se preguntaba si sería que los franceses no pecaban.

En palacio, el rey se desesperaba: él, y no su pueblo, era el verdadero responsable de la ira de Dios.

—Mis pecados, son mis pecados los que están acabando con la paciencia divina —se lamentaba Felipe IV.

—Oh, no digáis eso, señor, son ellos, los franceses, y su rey Luis XIII y ese valido suyo, el cardenal Richelieu, los que enojan verdaderamente a Dios. ¿Qué son vuestros pecados y los míos comparados con esa traición enorme que ellos hacen a su fe ayudando los protestantes? —decía el conde-duque de Olivares, y luego añadía—: Lo que debéis hacer, Majestad, es ahuyentar esas ideas de vuestra cabeza y distraeros. ¿Por qué no os marcháis unos días a Aranjuez o a El Pardo o, mejor aún, a El Escorial? Aquí estoy yo para ocuparme de los asuntos de la guerra y del prestigio de España.

—Sí, me iré y procuraré distraerme; pero, si al fin esa guerra se declara, volveré y me pondré al frente de los ejércitos. Llamaré a todos los nobles de Castilla, de Aragón, de Cataluña y de Portugal, y entonces se producirá esa gran unión de armas con la que vos soñáis, conde. Y será este un ejército tan enorme que, con la ayuda de Dios, no habrá nación que lo venza —acabó diciendo el rey con los ojos encendidos de entusiasmo.

Durante unos días se distrajo el rey en El Escorial. Y el conde-duque se quedó en Madrid, trabajando hasta la madrugada, para calcular cuánto podría costarle al país aquella nueva guerra. Sus únicas dudas consistían en saber si sería mejor atacar primero o esperar a que Francia atacara. Entre los nobles, las opiniones estaban divididas: unos eran partidarios de atacar ya, otros de ir con cautela y dejar que Francia diera el primer paso. Y aun algunos había que pensaban que España no estaba en condiciones de mantener una nueva guerra, y que lo más prudente sería evitarla a toda costa, aun perdiendo algo de su prestigio en Europa.

¿Y el pueblo? ¿Qué pensaba ahora el pueblo? Una vez más, el pueblo deseaba la paz por encima de todo, y no le importaba tanto el lugar que España ocupara en Europa como la prosperidad del reino.

Así estaban las cosas cuando el marqués de Altafría regresó a Madrid y se encontró a su hijo ausente de todo interés que no fuera el de hallar a su hermosa desconocida.

Don Antonio de Mieras hablaba y hablaba de guerras y de ejércitos vencedores, y de acabar con el poderío de Francia para siempre:

—Hay que darlo todo por España, dinero y vida, nada es demasiado por defender el buen nombre del reino y la grandeza del rey... Y yo creo que debemos atacar antes de que nos ataquen porque, si lo hacemos, hallaremos a los franceses desprevenidos —don Antonio de Mieras hizo una pausa y, como su hijo nada le respondió, continuó su charla—: Debemos marchar enseguida; pero, antes de partir, sería conveniente que se celebraran tus bodas con doña María de Zúñiga. ¿No te parece, Alfonso?

—No, padre, no me parece —respondió don Alfonso decidida y rápidamente.

El marqués de Altafría miró a su hijo sorprendido:

—Pero Alfonso, a nadie se le oculta que esta guerra va a ser larga y cruel... Ninguno de nosotros sabe si va a volver de ella, y si, tristemente, tú no regresaras, la única forma de que nuestra familia no desapareciera sería que doña María llevara un hijo tuyo en sus entrañas.

—No voy a casarme con doña María, ni antes ni después de la guerra con Francia. No puedo, padre.

—¿Qué estás diciendo, Alfonso? ¿Qué ha sucedido durante mi ausencia?

—Sucede que no la amo. Creí amarla; pero me equivocaba.

—¿Que no la amas? —casi gritó el marqués—. ¿Ahora sales con esas? Pero ¿cómo no vas a amar a una mujer tan joven y tan bella? ¡Es grande de España, tanto por su padre como por su madre! Y además de todo eso, ahijada del conde-duque... ¿Es que no te das cuenta?

—Me doy cuenta; pero no creo que el conde-duque vaya a retirarme su apoyo porque no me case con su ahijada. De todas formas, aunque así fuera, no es para mí tan importante formar parte de su gobierno como lo es casarme con la mujer que verdaderamente amo.

—¿La mujer que amas? ¿Es que amas a otra mujer? —preguntó con sorpresa don Antonio.

Su hijo se limitó a afirmar con la cabeza.

—Pero ¿quién es? ¿Cómo la has conocido? Espero que, al menos, no pertenezca a una de las familias enemigas del conde-duque. De todas formas, Alfonso, no hay mujer tan importante como lo es formar parte del gobierno del rey y permanecer cerca de su persona. No olvides que don Felipe IV todavía es el monarca más poderoso del mundo —añadió con palabras y miradas encendidas, sin permitir que su hijo le diera respuesta alguna.

* * *

Los días y las semanas que siguieron fueron difíciles para el marqués de Altafría y su hijo. Don Antonio miraba a don Alfonso con ojos severos y desilusionados. Entre ambos se había instalado la incomprensión. Eran muchas las cosas que el marqués no entendía y que Alfonso no conseguía explicarle de manera satisfactoria.

A pesar de eso, don Antonio de Mieras hacía lo posible para que su único hijo y heredero volviera a interesarse por todo aquello que, según creía, siempre le había interesado. Así, una tarde le pidió que le acompañara al nuevo palacio del Retiro.

—Ya sabes que, desde que regresó de su viaje a Italia, hace ya cuatro años, don Diego de Velázquez no ha cesado de pintar. Dicen que las pinturas que ha realizado tras su vuelta son magníficas, y precisamente hoy van a ser colocadas en el salón del reino, en el palacio del Buen Retiro. El conde-duque me ha pedido que esté presente y que tú me acompañes. Y yo, en este caso, no acepto una negativa. Soy tu padre, no lo olvides, Alfonso.

Verdaderamente, las pinturas de Velázquez eran magníficas. Don Alfonso de Mieras contemplaba admirado los retratos ecuestres del rey Felipe III y los de su esposa doña Margarita de Austria, tan amada por el pueblo; los de don Felipe IV y la gentil doña Isabel de Francia, tan elegantes y majestuosos... Y el del pequeño príncipe Baltasar Carlos, tan tierno y delicado, haciendo corvetear a su jaquita...

Todos ellos eran dignos de haber sido pintados por un Tiziano o un Rubens. ¡Qué gran pintor era don Diego de Velázquez! ¡De qué modo merecía el favor del rey, que era tan amante de las Letras y de las Artes! Sus cuadros se destacaban en el gran salón, entre los otros, también magníficos, de Vicente Carducho, de Zurbarán...; pero, sobre todo, don Alfonso se extasiaba ante el impresionante lienzo de *La rendición de Breda*. ¡Qué perfecta composición! ¡Qué dignidad en los rostros! ¡Y la luz...! Todo el cuadro irradiaba, estaba empapado de luminosidad... Contemplándolo, don Alfonso, olvidado momentáneamente de cualquier inquietud o melancolía, se alegraba de haber acompañado a su padre.

Pero al salir del palacio, marchando por los jardines, todavía no terminados, detrás del coche del conde-duque, Alfonso de Mieras no pudo evitar el pensamiento de que el salón del trono y sus pinturas, y el nuevo palacio y los inmensos jardines que lo rodeaban no eran otra cosa que el empeño del valido de exaltar la figura del rey, el intento de hacer creer a toda Europa que don Felipe IV seguía siendo un monarca poderoso y que las arcas de su reino estaban repletas; por eso, las obras del palacio no se habían interrumpido, durante cinco años, ni de noche ni de día. Aunque el pueblo mal viviera y mal muriera, aunque los galeones no llegaran, aunque los Tercios se sublevaran allá en Flandes porque sus salarios no les fueran pagados...

Pero de repente, don Alfonso salió bruscamente de sus reflexiones y, con un grito asombrado y breve que sorprendió e inquietó a su padre, ordenó al cochero que se detuviera, y se lanzó del coche sin decir una palabra de explicación: ¡Acababa de verla! ¡Era ella! ¡Su dama...! Y paseaba por las orillas del estanque grande[1]... Al principio, los latidos de su corazón se detuvieron, y luego su espíritu se echó a rodar por los caminos de la alegría.

Corrió hasta alcanzarla; pero se detuvo a unos pocos pasos porque su corazón estaba tan enloquecido que temía que ella fuera a oírlo y se sobresaltara. Y así debió de ser porque se volvió de pronto y sus maravillosos ojos dorados se encendieron de emoción y sorpresa... Enseguida una sonrisa de dicha iluminó su rostro.

Alfonso de Mieras se le acercó lenta y gozosamente, sin apartar sus ojos de los de ella...

Luego pasearon el uno al lado del otro, y la felicidad que los dos sentían era tanta que no podía ser

---

[1] No era el actualmente existente, sino otro mayor.

explicada con palabras. ¿Cuánto tiempo permanecieron juntos? No podrían saberlo. El tiempo no existía. Nada existía que no fueran ellos mismos... Pero el sol comenzó a ocultarse y la dama comenzó a alejarse caminando entre los árboles; la última luz del día la acompañaba, y de trecho en trecho se daba la vuelta y sonreía.

Cuando don Alfonso regresó al coche, no respondió a ninguna de las asombradas preguntas de su padre. Ni siquiera las oyó.

El marqués de Altafría contemplaba perplejo y angustiado la mirada ausente de su hijo y aquella extraña sonrisa suya, tan llena de melancolía. Se preguntaba qué era lo que pudiera estar sucediéndole. ¿Por qué, de pronto, gritó como si hubiera visto una maravillosa aparición y luego se lanzó del coche con las prisas y ansias del perro de caza cuando lo liberan de la traílla? ¿Qué fue lo que vio cuando se detuvo y permaneció mirando ante él como ensimismado?... Y todo eso para acabar paseando, tranquila y solitariamente, por las orillas del lago... Cualquiera hubiera dicho que sus pasos marchaban a la par de otros pasos y que sus ojos estaban prendidos de otros ojos... Pero no, su hijo, su único y querido hijo, aquella tarde no se encontró con nadie en los jardines del palacio del Buen Retiro, lo sabía porque él no lo había perdido de vista en ningún momento.

Una vez en su casa, don Alfonso de Mieras corrió en busca de su buen Marcos; y no para hablarle de los magníficos cuadros del salón del trono sino para hacerle partícipe de la inmensa alegría de su corazón:

—He vuelto a encontrarla, Marcos, estaba en los jardines del Retiro, y hemos paseado juntos. Es maravillosa, como te decía, o aún más, y me ama, Marcos, lo he sabido por ella misma...

—Entonces, ¿habéis hablado al fin? —preguntó Marcos con interés y extrañeza.

—Oh, sí, y mucho.

—En tal caso, ya sabréis su nombre.

—Oh, no, no se lo he preguntado, teníamos tantas cosas más importantes de que hablar...

—Pero sabréis al menos de dónde es y a qué familia pertenece.

—Tampoco, Marcos —sonrió don Alfonso.

—¿Y no podéis deducirlo de alguna de las palabras que os haya dicho?

—¿Palabras?... Pero si ya sabes que nosotros hablamos sin palabras, no las necesitamos, Marcos... Nuestros sentimientos son tan claros e intensos que no hay palabras en el mundo que puedan expresarlos...

Marcos Gómez calló, confundido y apesadumbrado, y a partir de aquel día las inquietudes que ya antes sentía a causa de don Alfonso aumentaron.

A partir de ese día, también don Antonio de Mieras comenzó a preocuparse seriamente por la razón de don Alfonso.

Y a partir de ese día, Alfonso de Mieras no dejó ni una sola tarde de ir a los jardines del nuevo palacio del Retiro con la esperanza de encontrar a la mujer que amaba. Ahora sabía que aquel era su lugar preferido, mucho más que los salones de danza o de saraos o las reuniones del Prado. Siempre que pensaba en ella la recordaba junto a las quietas y doradas aguas del estanque grande, en una tranquila y hermosa atardecida.

Y así, esperándola, pasaron para don Alfonso abril, mayo y junio del año de 1635.

Mientras tanto, Francia había acabado por declarar la guerra a España. Y no todos los nobles españoles estaban dispuestos a defender a su patria, ni del pueblo se recaudaron los ducados que eran necesarios ni tampoco se reclutó a todos los hombres que hacían falta para vencer a las tropas enemigas.

El conde-duque se hallaba sumido en el más profundo de los desánimos y se quejaba amargamente de que eran muy pocos los que, como él mismo, estaban decididos a darlo todo por la gloria del rey y el prestigio de España. Entre esos pocos no tenía ninguna duda de que podía contar con don Antonio de Mieras, marqués de Altafría.

XII

EN TODOS
LOS CONVENTOS
DE MADRID

Julio fue un mes largo y caluroso. EL rey salió de
Madrid y se trasladó a El Escorial con su familia.
La mayoría de la nobleza también se marchó, a
pesar de la guerra, porque las guerras se habían
convertido en una costumbre para España; solo el
conde-duque, que era un trabajador infatigable,
permaneció en Madrid.

También el marqués de Altafría se retiró a su
señorío, cercano a Balsaín. ¡Hacía tanto calor en la
capital del reino...! Sin embargo, su hijo Alfonso no
lo acompañó, temeroso de que durante su ausencia
su dama apareciera en la corte.

—Pero, señor, ¿quién va a venir a Madrid en julio
si puede evitarlo? Solo los pobres permanecen en este
horno durante el verano. Vuestra dama estará tranquilamente en un lugar fresco y sombreado mientras
que nosotros nos asamos aquí —se quejaba Marcos,
que soñaba con las alegres y abundantes aguas del río
Eresma y tenía que conformarse, como hacían algunos otros desgraciados, con las escasísimas de aquel
río agonizante que era el Manzanares en verano.

—Quizás regrese por Santiago —respondía don Alfonso, aunque en su espíritu se había instalado ya la desesperanza...

Pero pasó julio, y la hermosa desconocida no apareció en Madrid.

Y llegó agosto, que fue un mes de tristezas: en agosto se recibieron malas noticias de la guerra, y los ánimos del conde-duque se desplomaron de tal modo que ya veía a España sumida en la humillación y el desastre. Un alma en pena parecía su grande y oscura figura paseando arriba y abajo por la galería de retratos que estaba ante su despacho.

Y en agosto aún sucedió algo inesperado, y también muy triste: el día veintisiete murió, tras muy corta enfermedad, don Félix Lope de Vega y Carpio.

El pueblo entero, que lo idolatraba, se sintió conmovido y asombrado. ¡Había muerto Lope! ¡El gran Lope! ¿Cómo era tal cosa posible...? ¡Oh, no, tenía que ser un error...! ¡Félix Lope de Vega y Carpio! ¡El Fénix de los ingenios...! Lope no podía morir... Pero había muerto, y todo Madrid se reunió para despedirlo: grandes y pequeños, gente sencilla y gente encumbrada, escritores y representantes, pintores y escultores, banqueros y nobles... Algunos decían que hasta Ruiz de Alarcón acudió a despedir a aquel que, en vida, tanto le había desdeñado. Muchos de los que faltaban de Madrid regresaron a toda prisa al saber de la extrema gravedad del artista. Entre ellos el marqués de Altafría, que acudió al entierro acompañado de su hijo. Ambos estaban muy apesadumbrados, pues eran grandes amantes de las letras y del teatro. Y, además de haber presenciado las representaciones de casi todas las obras del gran Lope, también se habían reunido con él en las academias literarias[1], ya en el palacio Real, en los palacios de Medinaceli o de Lemos e incluso en su propia casa. En todas partes era recibido con honores, como también lo eran Calderón o Quevedo..., solo que Lope, era ¡Lope!

Y ahora el gran hombre, que a todos deleitaba con su pluma y con su ingenio, ya solo era aquella figura inerte que, en féretro descubierto, era trasladado desde su casa de la calle Cantarranas hasta la iglesia de San Sebastián, en Atocha.

¡Qué silencio tan hondo había en las calles, y qué tristemente doblaban las campanas...!

Cuando la comitiva se detuvo ante el convento de las Trinitarias, hubo un rumor de voces contenidas, y todas las miradas buscaron, entre las rejas, a sor Marcela, la hija monja de Lope. Y de repente, la tristeza se volvió gozo en los ojos de don Alfonso de Mieras y el caballero se olvidó de la muerte en un instante, porque allí, en las rejas de las Trinitarias, precisamente detrás de sor Marcela, descubrió a su dama, y ella también lo vio, porque sus ojos dorados brillaron de alegría.

Alfonso de Mieras, ante el asombro y escándalo de los que le rodeaban, apartó sin miramientos a todo aquel que se interponía en su camino, se lanzó contra las puertas del convento, que estaban enton-

---

[1] Reuniones o tertulias de escritores.

ces cerradas, y golpeó la aldaba repetida y presurosamente sin que nadie le abriera.

La multitud lo contemplaba atónita, hasta que varias manos lo arrancaron violentamente del portalón de las Trinitarias.

Fue a partir de ese momento cuando empezó a correrse por los mentideros de Madrid la voz de que el joven hijo del marqués de Altafría estaba perdiendo la razón. A don Alfonso tal cosa nada le importaba: pero sí importaba a su padre y a su fiel Marcos.

Terminó agosto, pasaron septiembre y octubre, y don Alfonso no volvió a ver a su bella desconocida.

Y otra vez se puso a hacer cábalas: Era todo tan extraño... En las Trinitarias afirmaban que ninguna dama estuvo junto a sor Marcela el día del entierro de su padre; pero él la vio y ella lo vio a él... ¿Qué quería decir eso? ¿Por qué todo el mundo le mentía? ¿Serían órdenes de su padre, que no quería que amara a su dama? ¿Y si, por el contrario, fueran los padres de ella los que se oponían a sus amores?... ¿Y si la tuvieran recluida en algún convento?... Bien pudiera ser eso... Quizás la hubieran prometido a otro hombre, y, al negarse a contraer matrimonio con alguien que no fuese él, la habían encerrado en un convento... ¡Oh, Dios...! Era eso, tenía que serlo porque, si no, ¿qué hacía en las Trinitarias aquella tarde de agosto...? ¡Seguro! Visitaba conventos junto con su padre, para ver en cuál de ellos era aceptada como novicia...

—¿Cuántos conventos de monjas hay en Madrid, Marcos? —preguntó excitado.

—Demasiados para lo despoblado que está el reino.

—Pues todos ellos habremos de visitarlos.

—¿Todos, señor? Pero ¿para qué? —preguntó asombrado Marcos.

—Para buscar a mi dama. Se me ocurre que ha de estar en alguno de ellos.

—¿Qué decís, señor...? Estará en las tierras de su señorío... Ya sabéis que cada vez son más los nobles que se retiran de la corte y solo regresan a ella de tarde en tarde... ¿O es que no sabéis que entre los grandes de España y el conde-duque hay una grieta que cada vez se hace más ancha? Pensad en el duque de Alba, en su hijo y en todos esos amigos que le han seguido en su destierro.

—Tanto se me da de las diferencias del conde-duque y de los grandes de España. A partir de mañana visitaremos todos los monasterios de Madrid —insistió don Alfonso.

Y eso fue lo que hicieron, tratando de averiguar si en alguno de ellos había una novicia recién llegada que respondiera a las señas de la hermosa desaparecida.

Pero pasaban los días sin resultado alguno, y la inquietud de don Alfonso aumentaba... De tal modo que estaba decidido a continuar visitando conventos, aun fuera de Madrid.

Sin embargo, cierta mañana húmeda y fría de noviembre, cuando pasaban por delante del monasterio de las Descalzas Reales, observaron que una gran cantidad de carruajes se detenía ante el convento. De ellos descendían personas muy conocidas y todas elegantemente ataviadas.

—Mirad, señor, el marqués de Carpio y el joven conde de Santa Justa. ¿Qué se celebrará en las Descalzas? —preguntaba Marcos excitado.

A don Alfonso no le importaba nada lo que se celebrara en el monasterio, ya fuera boda, bautizo o funeral; pero el interés de Marcos parecía tanto que accedió a entrar en el templo.

En el altar mayor había un gran número de cirios encendidos. Olía a emoción y a incienso. El órgano inundaba la iglesia de solemnidad.

Los asistentes ocupaban sus sitios en los reclinatorios, y en el coro comenzó el canto de las monjas:

Magnificat anima mea.

Y de pronto una joven novicia, vestida de blanco como si fuera una novia, suelta su larga cabellera color de trigo, salió por una de las puertas de la clausura y marchó, lenta y ceremoniosamente, hacia el altar. Solo se la veía de espaldas; pero su figura era grácil y delicada.

A medida que avanzaba, el corazón de Alfonso de Mieras latía con mayor angustia y violencia: ¿Y si fuera ella, su dama?

Por fin, la novicia subió las gradas del altar y se arrodilló ante un anciano y venerable sacerdote.

Durante un momento las campanas del monasterio repicaron gozosas porque una joven iba a consagrar su vida a Dios. Pero antes tenía que morir para el mundo, de modo que las campanas comenzaron a doblar tristemente, y el coro de monjas entonó el *De profundis*[2].

En el templo, el silencio era hondo y completo. Únicamente se oían los latidos del corazón de don Alfonso de Mieras.

De pronto, la abadesa se aproximó a la novicia y, despojándola de su velo, tomó sus largos y rubios cabellos y sacó unas tijeras de su faltriquera.

Entonces estalló de un solo golpe la angustia que Alfonso de Mieras había tratado de contener.

—¡No! ¡Deteneos, por Dios! —gritó corriendo hacia el altar mayor—. Esta joven me ama y yo la amo; si profesa, no es por su voluntad.

Hasta el aire se paralizó en el templo. La sorprendida abadesa dejó caer la dorada cabellera que tenía entre los dedos y la joven novicia se dio la vuelta.

Los pasos de don Alfonso también se detuvieron: ¡No era su dama! Ni siquiera se le parecía.

---

[2] Canto de funerales.

XIII

LA NOCHEBUENA

Durante algunos días no se habló en Madrid de otra cosa que no fuera de la sinrazón de don Alfonso de Mieras; pero corriendo noviembre tuvo lugar un tristísimo acontecimiento que hizo pasar a segundo término los rumores sobre su extraña conducta.

Sucedió que la infantita María Antonia Dominica murió a los once meses de edad. Era la quinta hija de los reyes que abandonaba el mundo sin apenas haber vivido. «Nació solo para morir, lo mismo que sus hermanas», decía desconsolada la reina.

Muy tristemente acabó, pues, aquel año de 1635 que con tan buenos augurios comenzó: la cosecha fue mala y el hambre acosaba a villas y aldeas enteras, las guerras en las que el país se hallaba envuelto seguían su curso sin que ninguna de ellas pareciera inclinarse a favor de España. «¡Dinero! Necesitamos dinero, al menos nueve millones de ducados», repetía el conde-duque; pero ¿cómo obtenerlos? La nobleza miraba hacia otro lado, ¿y el pueblo...? Pero si el pueblo estaba sumido en la miseria... Y por si no fuera bastante con tantas calamidades, también sobrevenía la muerte de la pequeña infanta. Menos mal que el príncipe Baltasar Carlos crecía sano y hermoso. Daba gloria verlo montado en su jaquita, cabalgando por las avenidas de la Casa de Campo. Aquel príncipe era el orgullo del reino y el consuelo de sus padres.

Pero el triste noviembre desembocó en diciembre, y en todas las casas, incluido el palacio Real, se esperaba con ansia la Navidad. La noche del veinticuatro, en casa del marqués de Altafría los criados se afanaban preparando la cena. Porque las Navidades eran fiestas cristianas y lo que se celebraba era nada menos que la venida al mundo de Jesús. Por eso, ninguna pena debía empañar un gozo tan santo.

De las cocinas subía un suculento aroma de manjares exquisitos: quince platos variados de entrantes, quince más de carnes y pescados, y, sobre eso, ¡los postres!: frutas confitadas, dulces de sartén y horno... ¡Oh, Dios!, a Marcos la boca se le hacía agua... Los criados canturreaban villancicos mientras se afanaban en el trabajo:

> *Caído se le ha un clavel*
> *hoy a la aurora del seno.*
> *Qué glorioso que está el heno*
> *porque ha caído sobre él.*
>
> GÓNGORA

«Afuera preocupaciones y tristezas, ¡es Nochebuena!», se decía Marcos.

Las campanas de los Jerónimos llamaban a misa de gallo; sin embargo, el marqués de Altafría pensaba dirigirse hacia la Encarnación porque era allí donde acudirían los reyes y el conde-duque. Pero su hijo don Alfonso no acababa de bajar y el marqués se impacientaba.

—Id por delante, que muy pronto os seguiremos —terminó diciéndole Marcos.

El marqués de Altafría, que no quería en modo alguno llegar tarde a la Encarnación, tuvo que marcharse, malhumorado y solo, en su magnífico coche de cuatro caballos lujosamente enjaezados.

Cuando al fin Alfonso de Mieras salió de sus habitaciones, dijo que no pensaba ir a la Encarnación.

—Pues entonces, ¿adónde iremos? —preguntó Marcos alarmado.

—A los Agustinos Recoletos —respondió don Alfonso.

Y hacia allá marcharon, y no en coche sino a caballo, como si fuera un día cualquiera.

En el Prado parecía que había ya amanecido, siendo como era noche cerrada: cientos de coches con los faroles encendidos, y gente y más gente, a pie y a caballo, con alegres cirios en las manos, se dirigían a los tres monasterios. Y todos reían y se saludaban:

—Que el Niño Divino os conceda la dicha.

—Que su Divina Madre os guarde.

Algunos cantaban suavemente y otros a voz en grito.

Pues andáis en las palmas, ángeles santos,
que se duerme mi niño,
tened los ramos.

Era que deseaban ser felices, por lo menos aquella noche.

Cuando don Alfonso y Marcos salieron de casa, las campanas de los tres monasterios del Prado repicaban alegrías... Pero en el ánimo del joven caballero solo había lugar para una ligera esperanza: «Quizás vuelva a verla esta noche... Puede que Marcos tenga razón y no esté prisionera en ningún monasterio».

Pero en los Agustinos, don Alfonso no encontró a su amada, y eso que recorrió el templo de punta a punta y miró sin recato a cuanta dama joven se hallaba en él.

Cuando el coro entonaba el *Gloria,* don Alfonso abandonó el templo.

—Pero, señor... —protestaba Marcos.

—¡A los Jerónimos! ¡Deprisa! —ordenó don Alfonso.

La bella desconocida tampoco estaba en los Jerónimos... Ni en la iglesia de la Victoria, ni en la de San Salvador... Y así fueron buscando de iglesia en iglesia, mientras oían retazos de misas.

El final de la misa los halló en Santa María[1].

—Por Dios, don Alfonso, volvamos pronto a casa, antes de que regrese vuestro padre. Le diremos

---

[1] Ninguna de estas iglesias existe en la actualidad.

que se nos hizo tarde para ir a la Encarnación —pedía Marcos profundamente desasosegado.

Accedió sin replicar don Alfonso, y a cualquier cosa hubiera accedido porque, al no haber hallado a su dama, todo le daba lo mismo.

Para no encontrarse con el bullicio de la calle Mayor, que empezaba a llenarse de carruajes, se metieron por la del Arenal.

A causa del desánimo de su espíritu, Alfonso de Mieras aflojó las riendas de su caballo, y el animal trotó a su aire por las pequeñas y retorcidas callejas del barrio de Santiago. A Marcos no le molestaba porque pensaba que, al menos, allí no se encontrarían con nadie conocido.

Las callecitas estaban tan oscuras que Marcos se veía obligado a alzar continuamente el farol que antes llevaba sujeto al arzón de su caballo.

Parecía que en las callejuelas del barrio de Santiago no era Nochebuena: ni villancicos, ni rasgueos de guitarras, ni voces ni risas, ni siquiera luces. Solo había encendida una lamparilla de aceite que ardía ante la hornacina* de una virgencita, abierta en la pared de una casa.

A Marcos, la soledad y el silencio se le metieron en el alma, y hasta los cascos de los caballos le sonaban a tristeza... Ganas le daban de picar espuelas y galopar hacia la alegría de la calle Mayor.

Y de pronto, don Alfonso se detuvo bruscamente ante una casa muy vieja, casi desvencijada, que estaba al lado de aquella otra en cuya pared ardía la lámpara de aceite.

Marcos contempló asombrado cómo su señor alzaba la mirada mientras todo su cuerpo se tensaba. Enseguida, como un poseso, lanzó su caballo contra la puerta cerrada.

—Pero ¿qué hacéis, señor? —preguntó Marcos asustado y perplejo.

—¡Ayúdame, Marcos! ¡Ella está en esta casa! Es aquí donde la tienen recluida. Nos pide auxilio. ¿No ves cómo agita la luz detrás de esa cortina? Mira cómo alarga hacia mí sus manos suplicantes...

—Señor, estáis equivocado. No hay nadie en la casa, ni luz alguna que se agite.

—¿No quieres ayudarme, Marcos? ¿O es que estás ciego? —exclamó don Alfonso entre dolorido y airado—. ¡Ah de la casa! ¡Abrid! ¡Abrid ahora mismo si no queréis que derribe la puerta! —gritó.

Era tal la intensidad de los gritos y los golpes que las ventanas de algunas casas próximas comenzaron a abrirse, y aparecieron en ellas personas alarmadas, casi todas ellas ya muy ancianas:

—¿Qué sucede...?

—¿Es un incendio...?

—¡Oh, no, no es eso...! No sucede nada, es solo que...

El pobre Marcos no sabía qué decir ni tampoco cómo calmar a su señor.

Don Alfonso no atendía a razones, y los ancianos estaban cada vez más indignados:

—¿No sabéis qué hora es?

—¿Ni en qué noche nos hallamos?

—¿En cuántos mesones habéis estado antes de ir a misa?

El caso fue que la calle, antes silenciosa, se convirtió en una completa algarabía, tanto que los alguaciles de la ronda acudieron a ver lo que estaba ocurriendo.

Hacia ellos se dirigió don Alfonso de Mieras, y con gran excitación les explicó que en aquella casa estaba retenida la dama que él amaba, y que por eso agitaba ella la luz, tan desesperadamente, en aquella ventana del segundo piso.

Los alguaciles lo miraron con el ceño adusto y creyeron, como los vecinos, que no era otra cosa sino un alborotador que celebraba la Noche Santa muy poco santamente. Pero, ante un gesto de Marcos, comprendieron que aquel joven y apuesto caballero tenía la razón alterada.

—Ved, señor, que estáis equivocado. Mirad con atención y veréis que esta casa se halla deshabitada desde hace mucho tiempo. Observad: las paredes se caen, y las rejas de sus ventanas están comidas por el orín —explicó solícitamente uno de ellos mientras elevaba su hachón encendido para que don Alfonso comprobara por sí mismo que lo que decían era cierto.

Y don Alfonso se encontró de pronto ante una casa completamente arruinada, sin luces ni cortinas en las ventanas, que en nada se parecía a la que había visto o creído ver hacía unos segundos.

—Pero estaba ahí, era ella, y me pedía ayuda —balbució don Alfonso desconcertado.

—Volved a vuestro hogar y descansad. Seguramente tenéis fiebre, y la fiebre os hace ver cosas que no existen —añadió el otro alguacil compadecido.

—Regresemos a casa, señor... Fueron las sombras de la noche y esa luz débil de la hornacina —dijo Marcos.

—No fueron las sombras de la noche, ni la luz de la hornacina... —susurró Alfonso de Mieras y, dando la vuelta a su caballo, se encaminó a su casa, envuelto en dolorosas perplejidades.

XIV

En un mundo de sueños

Comenzó el año de 1636, y por primera vez a don Alfonso se le ocurrió pensar que su razón pudiera estar enferma.

—¿Estás seguro, Marcos? ¿No había ninguna luz en aquella ventana?

—No la había, señor —respondía el joven con pesadumbre.

—Y dime la verdad, ¿viste o no viste a una mujer muy hermosa asomada a una ventana del palacio Real aquella mañana en la que fuimos de caza y no cazamos nada? —preguntó luego.

—No la vi, don Alfonso —tuvo que contestar Marcos.

—¿Y entonces te parece a ti que tampoco dancé con una bella y desconocida dama en la fiesta de palacio, en febrero del pasado año?

—Doña María de Zúñiga dijo que danzasteis con ella durante todo el tiempo, aunque distraídamente, y que, de pronto, la abandonasteis y desaparecisteis...

—¿Y en el Retiro...? ¿A quién vi yo en el Retiro? ¿Con quién paseé? ¿En qué ojos me miré...?

Marcos no respondió, pero don Alfonso entendió su silencio.

—En tal caso, Marcos, mi buen Marcos, tu señor está completamente loco, tan loco como ese don Alonso Quijano, de quien escribió don Miguel de Cervantes, que luchaba con los molinos de viento creyéndolos gigantes.

—Oh, no, señor, no estáis loco... Únicamente habéis imaginado algunas cosas...

—Pero si mi hermosa dama no es sino una imaginación, ¿por qué la recuerdo con tanta claridad? ¿Cómo es posible que, cuando cierro los ojos, vea los suyos, risueños y dorados, henchidos de amor hacia mí...?

Otra vez, Marcos Gómez no supo qué responder. Don Alfonso permaneció en silencio durante largo tiempo, y de pronto exclamó, con mucha energía y convicción:

—¿Sabes lo que te digo, mi buen Marcos? Que si verla y contemplarla, aunque sea en mi imaginación, es una consecuencia de la locura, loco soy y loco quiero seguir siendo.

Marcos lo miró consternado y dijo:

—Señor, yo creo que, más que locura, lo que padecéis es de cierto mal de sueños... Soñáis demasiado...

—Pues entonces no me despiertes, Marcos, y recuerda esos versos hermosos de don Pedro Calderón de la Barca que hoy recita todo Madrid:

¿Qué es la vida? Un frenesí
¿Qué es la vida? Una ilusión,

una sombra, una ficción.
Y el mayor bien es pequeño,
que toda la vida es sueño
y los sueños, sueños son...

* * *

Eran muchas las horas que don Alfonso pasaba entre cábalas y ensoñaciones:

—Quizás lo que sucede es que los sueños más hondos y queridos acaban pareciendo realidades... Y después de todo, no hay tanta diferencia entre lo que existe y lo que se sueña. Y así, si la soñé, ella existe para mí y en mí vivirá siempre.

—Es posible, señor —decía el pobre Marcos, y luego añadía—: Pero quizás deberíais pensar en otras cosas... Porque es verdad que existen dos mundos, el de los sueños y el de las realidades, pero vos vivís en uno solo de ellos.

—Porque, según parece, es en el mundo de los sueños en el que está mi amada. ¿No lo comprendes, Marcos?

Marcos asentía desconcertado; pero, de todas formas, no perdía las esperanzas de que don Alfonso acabara regresando al mundo real. Por eso se empeñaba en tenerle al tanto de lo que ocurría en Madrid y fuera de Madrid, ya que, después de lo sucedido en Nochebuena, su señor había perdido todo interés por salir de casa. Y así, un día y otro le iba con noticias:

—¿Sabéis, don Alfonso? Nuestro Cardenal Infante ha entrado como un rayo en la provincia francesa de la Picardía... Y el almirante de Castilla, partiendo de Guipúzcoa, también ha penetrado en Francia... Dicen que el Cardenal Richelieu ha tenido que poner a París en estado de defensa...

—Se cuenta en el mentidero de representantes que Calderón de la Barca ha recogido en un solo tomo doce de sus mejores obras, la primera de ellas es *El gran teatro del Mundo*. Y también que Tirso de Molina ha escrito otra comedia. ¿Sabéis cómo se llama? ¡*El condenado por desconfiado*!

Don Alfonso de Mieras hacía como si escuchara, y de cuando en cuando murmuraba cualquier cosa, viniera o no viniera a cuento. A pesar de eso el buen Marcos no se desanimaba:

—Señor, sé de muy buena tinta que don Diego de Velázquez ha pintado nuevos retratos de enanos y bufones... Y uno maravilloso del príncipe Baltasar Carlos vestido de cazador. ¡Ah!, se me olvidaba deciros que el gran escultor sevillano Martínez Montañés está en la corte de visita y que Velázquez también piensa retratarlo...

Lo que Marcos no le dijo fue que doña María de Zúñiga había acabado casándose con el joven conde de Peñalarga, ni que se rumoreaba que no lo hizo por amor ni tampoco por su fortuna, sino únicamente por despecho.

Como ya se ha dicho, don Alfonso a veces le escuchaba y a veces solo fingía atención, aunque siempre se mostraba agradecido a la solicitud de Marcos y a los muchos desvelos que le mostraba.

A quien nunca atendía don Alfonso era a su

padre, porque este se empeñaba en que tomara los brebajes y elixires que el médico, nada menos que el del propio conde-duque, le preparaba.

Al marqués de Altafría la sinrazón de su hijo no solo le preocupaba sino también le irritaba.

—No entiendo yo a tu señor ni su locura, Marcos —decía—, porque para algunas cosas parece estar completamente cuerdo y, sin embargo, para otras no tiene cordura alguna... A veces, se me ocurre que al principio todo esto no fue más que una invención suya para no casarse con doña María de Zúñiga. Dios sabrá por qué causa cambió tan de repente de parecer...

—No es eso, señor —protestaba Marcos.

—Pues ¿no será entonces que los enemigos del conde-duque le han mandado embrujar o le han echado mal de ojo?

—Oh, no, señor marqués. Lo único que le sucede a don Alfonso es que tiene la razón confundida.

—¡Pero si don Alfonso ya sabe que esa dama solo vive en sus fantasías! —exclamó exasperado el marqués.

—Pero con fantasías la ve dentro de sí y no quiere dejar de verla.

—Te lo repito, Marcos, no entiendo yo a mi hijo ni a su extraña locura.

—Dadle tiempo, señor, eso es lo que de verdad necesita. De estas ilusiones de la mente se ha de salir muy poco a poco; porque, si se sale de manera brusca, se puede perder la razón para siempre, o hasta morir se puede —decía Marcos, y pensaba en cierta mujer a la que conoció una vez que estuvo en el hospital de la Misericordia a causa de unas fiebres persistentes. La desdichada se había quedado sin su esposo y sus tres hijos en una cruel epidemia de peste. Puesta a perder, también perdió la razón, y así dio en creer que ninguno había muerto, y los veía en todas partes, y hablaba con ellos, y a veces les regañaba o les halagaba, y hasta hacía como si meciera al más pequeño de los niños. No era extraño verla abrazarse a sí misma o besar sus propias manos creyendo que abrazaba o besaba a alguno de los suyos. Había mala gente que le hacía burla; pero la pobre no se enojaba porque creía que no se reían de ella sino con ella.

»Aquella mujer, aunque triste de ver, era feliz; pero cierto médico se empeñó en devolverle la razón perdida y le dio una medicina milagrosa que, de la noche a la mañana, le hizo recuperar la cordura.

»Cayó entonces la desdichada en una tristeza tan honda y tan completa que se murió en menos de quince días, con el corazón roto y las manos vacías de caricias.

Era por eso por lo que el buen Marcos tenía tanto empeño en que su señor saliera del mundo de los sueños poco a poco.

Y así, con don Alfonso soñando y Marcos apoyándole, transcurrió todo el año 36 y comenzó el año 37.

Alfonso de Mieras pasaba sus días en la biblioteca, en el jardín o en el huerto, leyendo o recitando poesías que hablaban de amor y de ausencias:

Yo no nací sino para quereros,
mi alma os ha cortado a su medida
....
Por vos nací, por vos tengo la vida.
Por vos he de morir y por vos muero
GARCILASO DE LA VEGA

En cuanto a su padre, don Antonio de Mieras, dándole ya por perdido, delegó todos sus cuidados en el joven Marcos y se entregó por completo a los asuntos de España, que en aquel año 37 tenía otra vez la guerra en contra.

Por su parte, Marcos redobló su solicitud por su señor, esperando, con paciencia, que recobrara la razón y el interés por la vida. Por ello continuaba hablándole de cuanto ocurría de interés... Sobre todo le contó, con pelos y señales, las muchas celebraciones que hubo cuando el rey de Hungría, cuñado de Felipe IV, fue nombrado emperador: mascarada, sarao, cena y representación de un nuevo auto de Calderón en el palacio del Buen Retiro.

Tras el 37, el 38 fue un año de algunas venturas: así, los franceses, que habían entrado en España y puesto sitio a Fuenterrabía, se vieron obligados a retirarse.

—La noche se hizo día, señor, de tantas luces y hogueras como se encendieron en Madrid cuando se recibió la noticia... En cuanto al conde-duque, parecía que iba a estallar de júbilo. He oído que Velázquez va a hacerle un nuevo retrato a caballo, y que el rey le llama «Noble Protector del Reino» —explicaba Marcos a don Alfonso.

El 20 de septiembre nacía la infantita María Teresa, y el gozo de la corte se derramó de nuevo: fiestas en el pueblo y fiestas en el retiro. Además, aquel año la cosecha había sido buena y los galeones de las Indias llegaron sin novedad y a su debido tiempo.

—Parece que las nubes oscuras poco a poco están dejando paso al sol, y que las cosas empiezan a cambiar para España —decía Marcos esperanzado, y, en verdad, eso parecía.

En verdad, eso parecía; pero fue únicamente una ilusión, porque, comenzando el año 39, la guerra volvió a girar dando de nuevo la espalda a España.

Sin embargo, en el año 39 las cosas cambiaron por completo para don Alfonso de Mieras. Cierta mañana de principios de agosto se hallaba el joven caballero en el jardín, rodeado de vuelos de palomas. Su imaginación también volaba: su dama avanzaba entre los rosales, sonriente y hermosa. Se detenía y lo miraba con aquellos ojos suyos, tan dorados y luminosos... Don Alfonso sonreía, olvidado de todo, creyéndose loco y feliz... Y de pronto, sus ensoñaciones se interrumpieron bruscamente: por uno de los senderillos corría Marcos. Estaba muy alterado y gritaba gozoso:

—¡Señor, señor, mirad lo que os traigo!

¿Qué podía traerle? ¿Qué era lo que agitaba en su mano derecha? Fuera lo que fuera, muy poco sería comparado con los dulces sueños de los que acababa de sacarle.

—¡Señor, señor, mirad...! —seguía gritando Marcos con tanta agitación que sus palabras chocaban las unas con las otras y casi no podían entenderse. Pero don Alfonso no necesitaba palabras.

Muy pronto estaban los dos frente a frente; el uno con la mano abierta y extendida, y el otro contemplando, mudo de emoción y asombro, lo que había en ella...

Y, de pronto, todo comenzó a dar vueltas en torno a don Alfonso: la casa, el jardín, Marcos y su mano abierta... su corazón, su mente...

Intentó alzarse del banco de piedra en el que se hallaba sentado y no lo consiguió; una de las palomas fue a posarse en su hombro y él no la espantó.

¿Y las palabras? ¿Dónde estaban las palabras? Lo mismo daba, porque no había en el mundo palabra alguna que pudiera expresar lo que entonces sentía.

XV

UN COLGANTE
DE PIEDRAS AZULES

—¿Es este, señor? ¿Es este el colgante del que tanto me habéis hablado? —preguntó Marcos con voz entrecortada.

Don Alfonso seguía sin encontrar las palabras, pero hacía gestos afirmativos y sus ojos brillaban de tal modo que al buen Marcos se le desbordó el gozo que inundaba su pecho:

—¡Entonces no estáis loco...! ¡Ni lo habéis estado nunca...! Si el colgante existe, vuestra dama también existe... ¡¡Mi señor, no estáis loco!!

Alfonso de Mieras suspiró honda y alegremente y alargó la mano. Marcos Gómez depositó sobre ella un racimo de piedras pequeñas y azules que colgaba de un cintillo dorado.

Don Alfonso lo acercó a sus labios. Luego, lenta y emocionadamente, se lo colgó del cuello y, ocultándolo bajo la camisa, lo apretó contra su corazón.

—¿Dónde, Marcos, dónde lo encontraste? —pudo preguntar por fin.

Entonces, su fiel Marcos enrojeció:

—Veréis, señor, iba yo por la calle de Platerías[1] —comenzó a decir—. Quería comprar una joya, de poco precio, en alguna de las muchas tiendas que allí hay; he conocido a una joven y...

—Marcos... —apremió don Alfonso.

—Como os decía —prosiguió Marcos con voz insegura—, estaba yo en Platerías y me acerqué a una tienda, que más que de platero es de usurero, donde la pobre gente que se encuentra en apuros vende sus joyas por casi nada, para que luego otros las compren por un precio más que doblado.

—Marcos —volvió a insistir don Alfonso consumido de impaciencia, sin entender por qué aquel mozo se empeñaba en darle detalles que en nada le importaban.

—El propietario de la tal tienda es un mal hombre, una sanguijuela...

—¡Dímelo de una vez, Marcos! ¿A quién y por qué precio compraste la joya? —exclamó don Alfonso exasperado.

—El caso fue, señor, que en aquel preciso momento mi bolsa no estaba demasiado llena, pero oí que aquel chupasangres pedía una cantidad enorme por la joya... Además, el usurero se la mostraba a tres caballeros, fijaos bien, no a uno sino a ¡tres!... Y por lo que parecía, a los tres les interesaba. Verla yo y ponerse mi corazón a saltar fue todo uno... Pero no tenía forma de avisaros antes de que algún caballero la adquiriera... Y como sabía lo mucho que

---

[1] Tramo de la calle Mayor.

la joya significaba para vuestra señoría... —Marcos titubeó, y por fin dijo muy rápidamente—: Grité ¡fuego! y, aprovechando el enorme alboroto que se formó, cogí el colgante y... Ahí lo tenéis ahora, junto a vuestro corazón...

¿Y qué podía decir don Alfonso...? Únicamente dijo lo que cualquiera hubiera dicho:

—Vayamos enseguida junto a ese platero, o usurero como tú le llamas. Le pagaré lo que pedía por la joya y aun más. Por él sabremos de qué modo llegó a sus manos —de repente, una sombra de inquietud nubló sus ojos—. Estoy pensando, Marcos, que mi dama ha de hallarse en gran necesidad porque, si no, ¿cómo iba a desprenderse de algo a lo que parecía tener en tanto aprecio? Corre, amigo, corre y vayamos ahora mismo a Platerías.

—También pudiera ser que a vuestra dama le robaran la joya o la perdiera... —apuntó Marcos.

—También, pero apresurémonos de todas formas, que ardo en deseos de encontrarla —exclamó don Alfonso, y corrió a su escritorio para volver enseguida con una bolsa llena de escudos.

Marcos Gómez hubiera preferido quedarse en casa; pero en modo alguno estaba dispuesto a dejar a su señor solo porque, aunque él ya supiera que don Alfonso no estaba loco, en todo Madrid se creía que sí lo estaba, y bien sabía de qué modo algunas veces hacían burla, caballeros y plebeyos, de los desdichados que tenían la razón perdida.

Fue así como don Alfonso de Mieras salió de casa por primera vez después de casi dos años de reclusión. Y si alguno le hizo mofa, él no lo advirtió porque a nadie vio ni oyó, ni en nada pensó, ya que todos sus sentidos estaban puestos en la dueña de aquella joya que guardaba junto a su corazón.

Llegando a Platerías, Marcos Gómez mostró a su amo la tienda en la que había... conseguido la joya; pero por precaución decidió permanecer oculto.

No le costó mucho a don Alfonso calmar los excitados ánimos del platero. Fue suficiente que le entregara los muchos escudos que pedía y que disculpara el comportamiento de su criado. Una vez solucionado el enojoso asunto, y perteneciéndole ya la joya, le preguntó, tratando de disimular su ansiedad, si conocía a la persona que antes fuera dueña del colgante.

No contestó enseguida el platero, y don Alfonso puso algunas monedas más sobre la mesa.

—Tened en cuenta, señor —dijo el platero al fin—, que esa persona, a la que por casualidad conozco, se ha desprendido con mucho pesar de esta joya, y solo por la necesidad extrema en la que se halla...

El corazón de don Alfonso latió angustiado:

—Mi prudencia será completa —dijo, y enseguida añadió—: Sabed que hace ya mucho tiempo que busco a esa dama, porque habláis de una mujer, ¿no es cierto?

El platero afirmó con la cabeza, y don Alfonso insistió:

—Creedme, no voy a producirle perjuicio alguno, sino muy al contrario. Decidme, por favor, dónde vive; os aseguro, por mi honor, que no sabrá que habéis sido vos quien me dio noticias de ella.

El platero aún parecía dudar:

—Le prometí reserva absoluta y soy un hombre de palabra...

Don Alfonso de Mieras sacó de su bolsa algunas monedas más.

—Calle de Santa María —susurró el hombre en su oído—. Es una casa grande, aunque no muy cuidada, que tiene un escudo singular en el dintel de la puerta: tres robles unidos y cruzados por barras paralelas.

Don Alfonso de Mieras sintió que su corazón se ensanchaba, y, tras una rápida despedida, partió a toda prisa hacia la calle de Santa María seguido de su fiel Marcos.

No les fue difícil hallar la casa que buscaban. Verdaderamente era grande, y se podría llamar hermosa, si no fuera por lo muy deteriorada que estaba. Contemplándola, don Alfonso de Mieras no pudo reprimir un gesto de tristeza.

Tardaron algún tiempo en responder a las llamadas de la aldaba, y el ansioso caballero casi no podía tenerse a causa de la emoción: ¡Iba a verla! ¡Por fin...! Le diría... ¡Oh!, cuántas cosas tenía que decirle...

Al fin, la puerta se entreabrió, y una mujer, anciana y achacosa, asomó desconfiada la cabeza.

—Dios os guarde —saludó don Alfonso, y enseguida añadió, nerviosa pero afablemente—: Decid a vuestra señora que necesito verla.

—¿Y quién sois, si puede saberse? —preguntó la mujer entre áspera y extrañada.

—Me llamo Alfonso de Mieras y vengo a devolver esto —explicó alargándole la joya.

La mujer hizo un gesto de sorpresa y sus ojos brillaron un momento. Enseguida les franqueó la entrada.

La casa, en su interior, mostraba un deterioro semejante al de la fachada. Aunque la limpieza era extrema, olía intensamente a humedad.

Avanzaron por un largo y oscuro corredor, al final del cual había una sala de buenas dimensiones, aunque casi por completo vacía de muebles, cuadros o tapices.

La anciana criada abrió las contraventanas; pero la luz del sol no consiguió alegrar la triste desnudez de la habitación. Cuando los dejó solos, Marcos esbozó una tímida sonrisa con la intención de dar ánimos a su señor; pero también él estaba impresionado contemplando tanta pobreza.

En cuanto a don Alfonso, paseaba arriba y abajo, preso de una ansiedad que a duras penas conseguía contener.

Esperaron durante cierto tiempo, que a los dos les pareció demasiado largo. Don Alfonso se preguntaba cómo era que su dama no corría a su encuentro. Seguro estaba de que tendría tantos deseos de verlo como él los tenía de verla. ¿Y entonces...? Haciéndose inquietantes preguntas se hallaba, cuando su acelerado corazón casi detuvo sus latidos: ¡Allí estaba ya! ¡Se acercaba, oía sus pasos en el corredor! Pero eran tan lentos y débiles...

Muy pronto la emocionada ansiedad que le oprimía el pecho se convirtió en sorprendido desencanto porque la persona que apareció en la sala en modo alguno era su dama, sino una mujer casi anciana, de cabellos grises y ojos cansados que lo miraban interrogantes, con la joya pendiendo de una de sus manos.

Don Alfonso quiso hablar; pero las palabras temblaban en su garganta: ¿Y ella? ¿Dónde estaba ella? ¿Por qué causa no acudía a su encuentro? ¿Se hallaría enferma?... O aún peor... ¡Oh, no!, su dama no podía haber muerto...

—¿Cómo la habéis encontrado? ¿Y por qué me la traéis? —preguntó la mujer alargándole el colgante.

Él no se lo tomó y ella insistió:

—¿Quién os condujo hasta aquí?

Don Alfonso negó con la cabeza y, haciendo un enorme esfuerzo, consiguió romper el nudo que oprimía su garganta.

—Fue la casualidad —balbució.

La anciana lo miró incrédula, y don Alfonso, sin responder a las muchas interrogaciones que leía en sus ojos, exclamó:

—¡Decidme! ¿Dónde está ella? ¿Por qué no acude a recibirme? ¿Es que no le habéis enseñado la joya? ¿Por qué causa no le permitís que me vea? ¿Qué motivos tenéis para impedirnos ser felices?...

La mujer lo contempló asombrada:

—¿Qué decís, caballero? No entiendo yo de qué me habláis.

Pero don Alfonso no la creyó y continuó preguntando, cada vez con mayor excitación:

—¿O es que está enferma? ¿Es eso? ¡Por Dios, necesito verla! No me digáis, no vayáis a decirme que ha muerto...

—Os aseguro, caballero, que no sé de quién me estáis hablando —dijo la dama con evidente y sincero asombro.

—¿De quién queréis que os hable? De la mujer que amo, de la dueña de esta joya.

—La dueña de la joya soy yo.

—¿Vos? —gritó don Alfonso.

—O mejor, era yo porque, por motivos muy ajenos a mi voluntad, no tuve otro remedio que desprenderme de ella.

—Quizás vuestra dama se la vendiera a esta señora... —susurró Marcos a don Alfonso.

—Sí, debe de ser eso —aceptó él recobrando la calma—. Decid, señora, por favor, ¿sabéis dónde está ahora la mujer que os la vendió? —preguntó amablemente.

—Esta joya no me la dio ni me la vendió mujer alguna. Es un antiguo recuerdo de familia y me ha pertenecido desde siempre —explicó la mujer.

XVI

Una vieja
y pequeña casa

Ni don Alfonso ni Marcos podían creer las palabras que acababan de oír.

—Estáis mintiendo —exclamó don Alfonso.

Los cansados ojos de la mujer que tenían delante se encendieron de indignación, y Marcos se apresuró a intervenir:

—Tiene que haber algún error, quizás el orfebre que hizo la joya diseñara otra igual o muy semejante...

—¡Oh, no! Esta joya es única. El orfebre que la hizo no era ningún platero, sino un noble de sangre, que tenía una habilidad especial con el buril y quiso ofrecerla a su única hija en el día de su decimocuarto cumpleaños. Ella la estimaba tanto que nunca se la quitaba. Era una joven muy hermosa, de figura grácil y delicada y luminosos ojos y cabellos dorados. Además de eso también era sencilla y bondadosa —explicó la señora.

Don Alfonso de Mieras la miró con desmayo. Estaba intensamente pálido y sus labios temblaban sin pronunciar palabra alguna.

—¿Y qué ha sido de esa joven? —preguntó Marcos, que también se hallaba profundamente sorprendido.

—Fue muy desdichada: murió loca la pobre. Perdió la razón por culpa de una extraña historia de amor.

—¡Murió...! —susurró sordamente don Alfonso.

—¿Y cuánto hace que murió? —preguntó Marcos.

—¡Oh!, muchísimo tiempo. Corrían los últimos años del reinado del gran rey Felipe II.

—¿Estáis segura? —inquirió incrédulo el joven paje.

—Completamente. Esa joven de la que os hablo era la única hermana de mi padre... Su cuerpo fue enterrado en la iglesia de San Nicolás, muy cerca de la casa donde la recluyeron a causa de su locura.

A don Alfonso de Mieras, la cabeza le daba vueltas y con tanta rapidez que tuvo que apoyarse en la pared para no caer desvanecido.

Marcos no sabía qué pensar: seguramente aquella mujer había encontrado la joya en alguna parte y, quizás para poner un poco de emoción en su tediosa vida, había inventado tan singular historia; sin embrago, había en ella tantas coincidencias... De todas formas, tenía que sacar a su señor de aquella casa, y lo más pronto posible. Pero don Alfonso se resistió a seguirle:

—¿Decís que esa joven estaba recluida cerca de la iglesia de San Nicolás? —preguntó con un hilo de voz.

La mujer lo miró sorprendida de su emoción y, tras una corta y asombrada pausa, prosiguió:

—Sí, eso he dicho, en una de esas calles pequeñas del barrio de Santiago. Hace esquina con la de Luzón. En la penúltima casa de la manzana, en linde con otra grande que tiene una hornacina en la pared con una imagen de la Virgen Niña —explicó la mujer, y enseguida añadió—: Su situación es buena, pero está muy deteriorada, y, como no tengo los medios necesarios para restaurarla, me es imposible venderla.

—¡Yo os compro esa casa! —exclamó precipitadamente don Alfonso, y sus palabras sonaron como un estallido—. Tomad esto como prenda, esta misma noche os haré llegar lo que reste —añadió entregándole con manos presurosas los ducados que aún quedaban en su bolsa.

—Señor, ¿qué hacéis? Pensad un poco, no necesitáis una casa. ¿Qué dirá vuestro padre? —protestó Marcos.

—¿Olvidas que tengo mi propio patrimonio, aquel que recibí a la muerte de mi madre? —exclamó don Alfonso.

—No lo olvido, señor, pero...

—¡Quiero esa casa, Marcos!

—Aunque deteriorada, es de buena construcción —se apresuró a señalar la mujer, temerosa de perder aquella bendición que de pronto parecía caerle del cielo.

—¿Conserváis la llave? —preguntó don Alfonso.

—La conservo, ya que nunca perdí del todo las esperanzas de vender la casa.

—Pues daos prisa en entregármela.

—Señor, pero señor, mirad bien lo que hacéis, vais a gastar vuestros ducados en comprar una casa vieja —dijo Marcos cuando la anciana salió.

—Otros los pierden jugando a los naipes o a los dados...

—¡Por el cuerpo de Cristo! ¿Por qué encontré la joya? Pensaba que os proporcionaba la dicha y no he hecho más que empeorar vuestros pesares —se lamentó Marcos. La señora regresó con la llave, y Marcos, viéndola enmohecida casi gritó—: Mirad, esa llave de nada va a serviros. No podremos entrar en la casa.

—Pues echaremos la puerta abajo. Ahora la casa me pertenece —dijo don Alfonso con determinación y, tomando la llave, se despidió y salió precipitadamente.

* * *

La pequeña casa de la calleja que hacía esquina con la de Luzón, y que era fronteriza de aquel edificio que tenía en la pared una hornacina de la Virgen Niña ante la cual ardía una lámpara de aceite, era la misma en la que, la Nochebuena de dos años atrás, don Alfonso había visto, o había creído ver, a su querida dama desaparecida; pero a plena luz del día aún se la veía más vieja y más abandonada.

El caballero la contempló con profundo desasosiego y ansiedad.

—¡Ay, señor! Ved en dónde vamos a meternos...
—exclamó Marcos con no menor inquietud.

Pero Alfonso de Mieras estaba completamente decidido a entrar en aquella casa a pesar de que, como ya esperaban, la llave no giraba en la cerradura.

—Mirad, señor, esa llave no os sirve... Tendremos que echar la puerta abajo y nos confundirán con salteadores de los que tantos hay en Madrid —decía Marcos mirando con aprensión hacia un lado y otro.

De pronto, observó perplejo cómo su señor se dirigía a la casa contigua con la llave en la mano y cómo luego la introducía en la lamparilla de aceite que ardía ante la hornacina de la Virgen.

Poco después, aunque no sin esfuerzos, la llave giraba en la cerradura, y don Alfonso empujaba la puerta mientras Marcos Gómez sentía que un estremecimiento de inquietud recorría su espalda.

Humedad, telarañas, algunos muebles polvorientos y olor a tiempo antiguo, eso era cuanto parecía haber en aquella casa. Al menos en la planta baja.

Cuando comenzaban a subir los carcomidos peldaños de la escalera, el aire abatió la puerta que no había tenido la precaución de cerrar. El golpe les hizo detenerse sobresaltados; pero, como también oyeron que algo caía en el piso de arriba, don Alfonso apresuró sus pasos para poco después detenerlos en seco.

—¡Dios mío! —exclamó con voz trémula mientras contemplaba tembloroso el gran cuadro que acababa de desprenderse de la pared: era el retrato de cuerpo entero de una mujer joven y hermosa. Tenía los ojos y el cabello dorados y luminosos y en sus labios se dibujaba una dulce sonrisa. Su figura era grácil y delicada y de su cuello pendía una única joya: un colgante de piedras pequeñas y azules en forma de racimo de uvas...

Cuando Marcos Gómez, que estaba tras él, pudo reponerse de su estupor, se aproximó al cuadro. «Retrato de doña Leonor de Mendoza, año de 1586», leyó en la placa dorada que estaba sujeta en la parte inferior del marco, y justo encima, sobre el lienzo, una firma «Pantoja de la Cruz[1]».

«Debo de estar soñando», pensó.

Don Alfonso continuaba ante el retrato con los ojos prendidos en los de la joven, sonriendo a su sonrisa pintada. Allí tenía a su dama, aquella era su expresión, así era como ella lo miraba, así como le sonreía... «Leonor de Mendoza, mi Leonor de Mendoza...», musitaba sin palabras.

Y allí siguió, sin que Marcos consiguiera atraer su atención. De manera que el perplejo e impresionado joven se dedicó a recorrer la casa para ver si hallaba algo que pudiera explicar lo que parecía no tener explicación.

En principio nada encontró digno de ser tenido en cuenta excepto libros. Algunos de ellos estaban también en la biblioteca de don Alfonso. La persona o personas que allí habían vivido eran instruidas y gozaban con la lectura. También debían de ser

---

[1] Famoso pintor de tiempos de Felipe II.

amantes de la música, pues en una sala pequeña halló un arpa y un clavicordio. Se sobresaltó al comprobar que aún sonaban.

Realmente no era una casa grande; pero sí bien aviada: lámparas de seis velas en el techo, faroles de gruesos vidrios en las paredes y hermosos candelabros sobre las mesas... Espesos cortinajes, tapices de Flandes, esteras en el suelo... Un estrado con un gran brasero en el centro... Se adivinaba que no padecieron de ningún tipo de estrecheces. Al final de un corto corredor encontró dos dormitorios contiguos, uno era más sencillo que el otro. En el más amplio, la cama se alzaba sobre una tarima y tenía dosel. Además de algunas sillas de cuero y de un arca grande, había también un escritorio de buena madera de caoba con tres cajones.

Marcos abrió los dos primeros y nada atrajo su atención. El tercero estaba cerrado con llave; pero no le costó trabajo forzarlo, le bastó con una ligera presión en la cerradura con la punta de su cuchillo. Al fondo, detrás de una labor no terminada, halló un fajo de papeles y comenzó a ojearlos con curiosidad. La letra era clara aunque la tinta estaba desvaída. Aquellos papeles no eran cartas ni tampoco documentos, más bien parecía que alguien había querido poner en orden sus pensamientos. Marcos no tuvo reparo en comenzar su lectura; después de todo, aquella casa estaba abandonada desde hacía mucho tiempo y a nadie ofendería leyéndolos. De repente, su corazón se aceleró y sus ojos se abrieron de par en par... Poco después corría con los escritos en la mano.

—¡Señor, mirad lo que he encontrado! —gritaba.

Pero don Alfonso parecía estar fuera del mundo. Tuvo que agitarle el fajo de papeles ante los ojos para que saliera de su ensimismamiento. Al fin se los tomó, y poco después una profunda emoción se apoderó de su ánimo; tan grande era que no pudo continuar de pie. Y así, derrumbado sobre los peldaños de la escalera, leyó Alfonso de Mieras lo que años atrás había escrito su muy amada Leonor de Mendoza.

XVII

LO QUE ESCRIBIÓ
LEONOR DE MENDOZA

Siempre pensé que amaba a don Juan de Mendilace. Cuando mi buen padre me comunicó que me había pedido en matrimonio, acepté satisfecha. No era su altísimo linaje lo que de él me impresionaba ni tampoco sus muchas posesiones. Mi padre, mi hermano y yo teníamos lo que necesitábamos, y aún más, para vivir cómoda y felizmente. Por lo que se refiere a nuestra nobleza, pertenecemos a la gran familia de los Mendoza, aunque sea por una de sus ramas laterales.

Me decía a mí misma que amaba a don Juan por su gentileza y bondad. Cuando estaba a su lado, me sentía tranquila y confiada. Creía yo entonces que aquello era el amor, hasta que conocí a mi caballero, a mi amado caballero desconocido. Cuando sus ojos me miraban, mis ojos se perdían en los suyos. Cuando me sonreía, un río de dicha se desbordaba por mis venas.

Lo vi por primera vez en el palacio Real, en un sarao que celebró nuestro rey don Felipe II en honor de la infanta Isabel Clara Eugenia. Mi caballero apareció de pronto y todo se borró de mi vista, todo lo que no fuera él... Me sentí transportada a un mundo diferente, más brillante y más alegre. Parecía que las luces de hachones y candelabros se habían multiplicado, que en salón grande había mayor bullicio y alborozo... Los trajes de las damas y caballeros eran más bellos y lujosos... Claro que todo esto no fue más que una impresión muy rápida y ligera, porque, como digo, mi mirada estaba prendida de aquel caballero alto, erguido y sonriente, de grandes y profundos ojos grises que tan intensamente me contemplaban. Cuando se inclinó ante mí, invitándome a danzar, lo seguí sin una vacilación. La música nos traía y nos llevaba suavemente, como si fuéramos dos alegres plumas flotando juntas en el aire... Y mientras danzábamos, hablábamos en silencio... Tantas cosas nos dijimos sin palabras... Sin necesidad de palabras supe que aquello era amor, amor verdadero y eterno...

¿Cuánto tiempo danzamos? No lo sé, el tiempo no existía para nosotros. Pero, de pronto, él desapareció, dejé de verlo súbitamente y todo se oscureció a mi alrededor... Sin saber cómo, me hallé ante don Juan de Mendilace.

—¿Dónde estabais, Leonor, que danzabais conmigo sin mirarme ni oírme, como si vuestro espíritu se hallara ausente? ¿De qué extraño mundo regresáis? ¿Era la música o la dicha la que así os transportaba? —me preguntó sonriente.

Lo miré con extrañeza: ¿Cómo decía que había danzado con él?... Se me ocurrió que quizás me estuviera reprochando, con amabilidad, que le hubiera abandonado por otro. De todas formas, lo único que en aquellos momentos me importaba era volver a encontrar a mi caballero desconocido, así que, dándole una excusa, no recuerdo cuál, me aparté de él a toda prisa.

Busqué en el salón grande, y en las estancias contiguas, y en las escaleras... No lo hallé, y mi alma se inundó de melancolía. Necesitaba encontrarlo, pero ¿quién podría ayudarme? ¿A quién podía preguntar? No sabía su nombre, ni siquiera recordaba cómo iba vestido. Lo que sí recordaba era la mirada de sus intensos, profundos y alegres ojos grises, y su blanca y amorosa sonrisa... Y también su pelo, su brillante pelo oscuro, quizás demasiado largo... ¡Ah!, y también sus largos y bien cuidados bigotes, tan distintos a los de otros caballeros... Pero ¿quién podría darme razón de él solo por estas cosas...?

De todas formas, seguí buscando aquella noche y al día siguiente... ¡por todo Madrid!... Y al siguiente día del día siguiente... Mi dueña y mi escudero no entendían aquellos irresistibles deseos de pasear que, de pronto, me habían entrado, menos mal que don Juan de Mendilace tuvo que partir enseguida hacia las tierras de su señorío.

—Cómo pesan sobre mí los meses que aún faltan para nuestra boda. Tanto que, si no fueran pocos, pondría casa en Madrid, como algunos otros nobles y caballeros han hecho; pero no para estar cerca del rey y de la corte, sino cerca de vos porque nuestras separaciones me son cada vez más dolorosas —me dijo antes de despedirse.

Yo no acerté a decirle nada, solo pude sonreírle. Estaba ya decidida a no casarme con él ni con ningún otro que no fuera mi desconocido caballero; pero, como sabía de qué modo me amaba don Juan, me resistía a causarle tal dolor.

Después de su marcha continué buscando sin fortuna. Me lamentaba de que aquella nueva corte del rey don Felipe II tuviera tan pocos entretenimientos. ¿Por qué no se celebrarían saraos con más frecuencia? Ojalá los grandes de España se establecieran en Madrid y abrieran sus salones. ¿Por qué no había más fiestas de toros o juegos de cañas...? ¿Por qué la corte española era tan austera? Tenía oído que las cosas en Francia eran muy distintas... Pero el rey se pasaba los días en El Escorial, recluido en el monasterio de San Lorenzo, que estaba recién terminado. Si hubiera más celebraciones, me sería más fácil hallar a mi caballero. Claro que también pudiera ser que perteneciera a la alta nobleza y no viviera en Madrid, de modo que acudiera a la corte solo de cuando en cuando, como el mismo don Juan de Mendilace. Sí, eso debía de ser, porque era extraño que nunca antes lo hubiera visto y que ahora no lo encontrara...

Lo que más me atormentaba era no poder hacer preguntas claras sobre su persona, puesto que de él nada conocía claramente.

De una forma velada sí pregunté, y comenté con algunas damas amigas mías que también asistieron *a la fiesta de palacio; pero ellas no habían reparado en la presencia de aquel apuesto caballero de elevada estatura y alegres ojos grises:*

—Yo nunca lo había visto antes, y me extrañaron sobre todo sus oscuros y largos cabellos y también sus largos bigotes —les dije.

Mis amigas me miraron con extrañeza y luego se miraron entre ellas:

—¿De qué caballero nos hablas, Leonor? —preguntó Inés.

—Yo no vi ningún caballero nuevo y con tales características. Y me extraña que, siendo tan apuesto y singular, hubiera dejado de verlo... —rió Beatriz pícaramente.

—Pues tampoco lo vi yo, y a fe que suelo verlo casi todo —añadió Juana, que verdaderamente tenía fama de ir por el mundo con los ojos tan abiertos como los de los búhos, y también de tener luego el pico tan largo como el de las cigüeñas.

Sí, era extraño, también a mí me lo parecía.

No seguí preguntando, aunque continué buscando; pero sin demasiadas esperanzas. Sin embargo, cierta tarde, cuando me dirigía con mi dueña hacia el monasterio de los Jerónimos, mandé parar el coche junto a una de las fuentes del Prado. Fue un impulso que no sabría explicar, sencillamente sentí deseos de detenerme. En ese preciso momento comenzaron a sonar las campanadas del Ángelus, se inició la oración y de pronto ¡lo vi! Él también me vio, porque sus ojos grises brillaron gozosos. Entonces, todo se borró ante mí, todo lo que no fuera él, como ya sucedió la primera vez. Nuestras miradas estaban prendidas la una de la otra, y la felicidad que yo sentía era tanta y tan honda que no hubiera cabido en el mar. Él también se sentía feliz, lo leí en sus ojos. De repente cesaron las campanadas del Ángelus y yo dejé de verlo. «Pero, ¿por dónde se ha ido?», me pregunté asombrada comenzando a marchar apresuradamente de un lado hacia otro.

—¿Adónde vais, doña Leonor? ¿Qué hacéis? —preguntaba mi dueña sorprendida—. Deteneos, ¿no veis que no puedo seguiros?

No, no lo veía. Yo no veía nada, ni nada me importaba porque mi caballero ya no estaba en el Prado.

Sin embargo, volví a verlo muy pronto. Sucedió una mañana en la que acudí al palacio Real a visitar a mi buena amiga doña Elvira de la Senda, que era dama de la infanta Isabel Clara Eugenia.

Nos hallábamos en su aposento, y ella me hablaba de no sé qué cosas a las que yo atendía solo a medias. Reconozco que estaba indiferente a casi todo lo que no tuviera que ver con mi desconocido caballero y sus extrañas desapariciones, y que vivía mucho más en mi interior que fuera de él. Fue por estar distraída por lo que me acerqué a la ventana, y, de pronto, mi corazón se puso a brincar de emoción y alborozo. En medio de la plazuela de palacio estaba él, caballero gentil en su caballo. ¡Y agitaba un hermoso sombrero adornado de anchas y largas plumas azules, saludándome gozoso! Tanta fue mi alegría que escapó de mi pecho, desbordada, y, ad-

virtiéndolo mi amiga, se asomó por detrás de mí a la ventana.

—¿Qué es lo que así te alegra, Leonor? —me preguntó.

—¿Lo conoces, Elvira? ¿Conoces a ese caballero? —pregunté yo sin responderle.

—¿De qué caballero hablas? Hay varios en la plaza.

—Hablo del que está justo delante de tu ventana, el que agita ese extraño y hermoso sombrero de largas plumas azules.

—¿Bromeas, Leonor? Pues no estamos en Carnaval...

—No bromeo, no, eres tú la que bromeas —respondí con algo de enojo mientras saludaba con la mano a mi caballero.

—No veo yo a ningún caballero que agite el sombrero, con plumas o sin ellas —me dijo entre asombrada y molesta, y enseguida, tomándome por el brazo, añadió—: Vamos, Leonor, que he de acudir a las habitaciones de la infanta.

Con gran pesar tuve que retirarme de la ventana. En mi alma había un doble sentimiento de gozo y pesadumbre. Pesadumbre porque dejaba de verlo, y gozo porque ahora tenía la certeza de que él también estaba buscándome; sin embargo, no volví a verlo hasta la primavera.

XVIII

PROSIGUE
LA NARRACIÓN
DE DOÑA LEONOR

Mis días transcurrían entre ansiosos y esperanzados: esperar y buscar, a eso se reducían las horas. Y mientras tanto, don Juan de Mendilace me escribía numerosas y ardientes cartas, a las que yo respondía cada vez más tarde y brevemente. Mis intenciones eran que él comprendiera, poco a poco, que mi amor se iba enfriando. Suponía que de este modo se sentiría menos dolorido.

Y don Juan se inquietaba, pero no pensaba que fuera falta de amor lo que acortaba mis cartas, sino falta de salud, y así me hablaba de venir a la corte aunque los negocios de sus muchas posesiones lo tenían atado. Solo Dios sabe cómo me las arreglé para tranquilizarlo, ya que lo que menos quería era verlo en Madrid entonces. Además, deseaba yo hablar con mi buen padre antes de hacerlo con don Juan, pues él sabría comprenderme y ayudarme, y también sabría la manera de decirle, al que aún era mi prometido y el mejor hombre del mundo, que nuestra boda ya no podría celebrarse. Pero mi padre, así como mi hermano Enri-

que, se hallaban entonces luchando en los Países Bajos.

Los días, las semanas y aun los meses seguían transcurriendo, y yo, más y más ansiosa, me hacía preguntas que no tenían respuesta: ¿Dónde estaría mi caballero? ¿Por qué causa no lo hallaba? Pero, si de algo no tenía dudas, era de su amor.

Continuaba con mi constante deambular por las calles de Madrid para desesperación de mi dueña; sin embargo, poco a poco, mis ánimos fueron decayendo.

Para soñar despierta, tomé la costumbre de acercarme, al caer el día, a las huertas y prados que están por detrás del monasterio de los Jerónimos. Me gustaba contemplar desde aquellos altos los rojizos y calmados atardeceres de Madrid. Me imaginaba entonces que mi caballero caminaba gozoso junto a mí, mientras el rojo sol se hundía tras los campos de Atocha. Nos mirábamos en silencio, amándonos sin palabras.

Mi dueña y mi escudero me seguían, aunque fuera de lejos. Lamentaban aquellas rarezas mías que les hacían pasar tanto tiempo fuera de casa. Más lamentaba yo que ambos estuvieran siempre tras de mí, como si fueran mi propia sombra.

Amor, dicha, presencia, compañía... Con todo eso soñaba yo; pero solo eran sueños... ¡Oh, Dios!, cómo anhelaba volver a contemplar aquella mirada que amaba tanto...

Una tarde sentí pasos presurosos a mis espaldas, me volví malhumorada pensando que mi dueña o mi escudero se proponían acortar el paseo; sin embargo me equivocaba, porque allí estaba él, ¡mi caballero!, más gallardo y gentil que nunca, con los ojos estrellados de gozo y la sonrisa abierta bajo sus oscuros bigotes. Cuando se quitó su sombrero de plumas para saludarme, debió de suceder un milagro, porque, donde antes solo había campos, surgieron de repente hermosos y bien trazados jardines, y donde las aguas de febrero y marzo dejaron una charca fangosa, apareció de pronto un gran lago de aguas transparentes. Por las orillas de ese lago paseamos sintiéndonos dichosos... De cuando en cuando, nos deteníamos y nos contemplábamos. Yo me veía en sus ojos, y él se veía en los míos, porque nuestros ojos no eran otra cosa que un reflejo de nuestros corazones.

Y mientras tanto, el sol desapareció entre los árboles y a lo lejos divisamos cómo se prendían algunas luces en Madrid.

De pronto oí voces tras de mí:

—Doña Leonor, ¡por Dios!, no os alejéis tanto, que la noche se acerca. ¡Doña Leonor, doña Leonor...!

—¡Doña Leonor, deteneos, por favor...!

¡Dios mío!, qué destempladas eran aquellas voces; de qué forma dañaban mis oídos y quebraban el sonoro silencio que nos envolvía a mi caballero y a mí.

Me di la vuelta pidiéndoles que callaran; pero ellos doblaron sus voces y aún tuvieron la osadía de aproximarse a nosotros. ¿No entendían que deseábamos estar solos?

Entonces, mi caballero comenzó a alejarse por detrás de unos setos de boj, y yo regresé al coche aún llena de su presencia, soñando ya con el día en el que volviera a verlo.

De repente caí en la cuenta de que todo a mi alrededor volvía a ser como siempre: no había lago ni jardines, solo miserable charca y campos sin labrar.

Pero tal cosa no me extrañó demasiado, casi me parecía natural que, estando con mi caballero, todo se volviera alegre y hermoso, y no estando, todo perdiera su belleza y su alegría.

A la tarde siguiente regresé a los campos que estaban tras el Prado. Recorrí todo lo que va desde los Jerónimos hasta el cerro de la ermita de San Blas, frente a Santa María de Atocha, y solo encontré algunas huertas y varios pastizales sin cultivar.

—¿Dónde están esos hermosos jardines por los que ayer paseábamos? —pregunté a mi dueña.

Ella pareció no entender y yo añadí:

—Los que rodeaban el transparente lago.

Los ojos de mi dueña se abrieron como si hubiera visto a un asno volar, de modo que no insistí. Ya preguntaría a mi caballero cuando lo viera de nuevo, porque lo vería, ya que, a aquellas alturas, estaba del todo convencida de que no residía en la corte; sin embargo, debía de acudir a ella siempre que le era posible. Segura estaba de que, cuando de nuevo lo hiciera, me buscaría hasta encontrarme.

* * *

Una semana después regresó mi buen padre. Me alegró mucho su vuelta; pero también me inquietó porque tenía que comunicarle que ya no podía cumplir la promesa que había hecho a don Juan de Mendilace; sin embargo, necesitaba abrirle mi corazón.

Las cosas sucedieron más sencillamente de lo que había pensado: una tarde en la que paseábamos juntos, él hablaba sin que yo lo escuchara.

—¿No me atiendes, Leonor? —preguntó.

Yo, que no le atendía, no le respondí.

Se detuvo él entonces y me detuvo, tomando mis manos.

—¿Qué es lo que te sucede, hija mía?

Dudé un momento; pero vi tanto cariño en sus ojos que no tuve reparo en contarle todo lo que hasta entonces me había sucedido.

Cuando callé, advertí que la amable mirada de mi padre se había vuelto preocupada y entristecida.

¿Y cómo se llama ese caballero que de tal forma ha cambiado tu vida? —me preguntó.

—No lo sé —tuve que responderle.

—¿Y de dónde procede? —inquirió tras una asombrada pausa.

Nuevamente tuve que confesar mi ignorancia:

—Tampoco se lo he preguntado.

Al observar su extrañeza añadí:

—Pero sé que me ama porque sus ojos me lo han dicho. Nosotros nos hablamos con los ojos. Las palabras son pobres y escasas y no alcanzan a explicar lo que sentimos... Mi buen padre no preguntó nada más, y seguimos paseando en silencio.

A partir de ese momento, su solicitud hacia mí se convirtió en dedicación completa. No me dejaba sola ni un momento y hacía cuanto estaba en sus manos para mantenerme entretenida. A veces era la música, la lectura en voz alta o la charla; a veces, las reuniones de jóvenes, seguidas de merienda o danza; pero siempre en casa, y si salía, mi padre no dejaba de acompañarme. Yo no sabía cómo oponerme, ni qué excusa dar para recuperar mi perdida libertad... De todas formas, y suponiendo que mi caballero habría de estar una larga temporada fuera de la corte, decidí dejar pasar un cierto tiempo para volver a hablar de él con mi padre. De ninguna forma se me ocultaba que lo que este se proponía era que yo olvidara a mi caballero, pues el no saber quién era ni de dónde venía le producía mucha inquietud y desconfianza. Yo lo entendía, y por eso me propuse que, aunque yo no lo necesitara, la próxima vez que lo viera habría de preguntarle su nombre y procedencia.

Y así transcurrió toda la primavera y corrió el verano. Mi padre continuaba sin perderme de vista, y yo seguía esperando ansiosamente a mi caballero. Me inquietaba lo largo de su ausencia; pero me decía a mí misma que serían los asuntos de su señorío los que le retendrían.

A mediados de julio marchamos a tierras de Segovia, y poco después se nos unió don Juan de Mendilace.

Estaba segura de que mi padre le habría puesto al corriente de todo lo que él y yo habíamos tratado.

No hizo don Juan mención de ello; pero tampoco volvió a hablar de la fecha de nuestra boda.

Aquel buen caballero no parecía mostrar hacia mí ningún tipo de inquina, ni tampoco hizo nada para recuperar mi amor, aunque seguía demostrándome un tierno cariño, que interpreté como fraternal.

Y así transcurrió lo que faltaba de julio y la primera quincena de agosto. Yo ardía en deseos de regresar a Madrid; pero me consolaba porque con la llegada de septiembre iniciaríamos la vuelta. Sin embargo, regresamos a la corte antes de lo que pensábamos, ya que sucedió algo que hizo que las cosas cambiaran por completo.

XIX

El final de
la narración

Paseábamos cierta tarde mi padre, don Juan y yo, cuando fuimos a encontrarnos con una anciana señora amiga de la familia.

—Ya sé que en el otoño iremos de boda. Hace unos pocos días hablé con mi pariente, el obispo de Salamanca, y me confirmó que sería el oficiante —me dijo con una amable sonrisa.

Yo me quedé paralizada de sorpresa, y mi padre, poniendo una excusa sin sentido, se apresuró a despedirse.

Cuando estuvimos a solas, lo interrogué con la mirada, y por su turbación y la de don Juan, comprendí que las palabras de la anciana no eran producto de ningún error.

—Leonor, hija, el caballero a quien crees amar no existe —dijo mi padre.

—¡Existe! —grité fuera de mí—. Lo amo y me ama. Ya os lo dije, padre, y creí que don Juan lo sabía y lo aceptaba.

—Lo sabía, y lo hubiera aceptado si ese hombre fuera real; pero no lo es —intervino don Juan.

—Es solo una ilusión tuya, Leonor. Nadie en la corte lo ha visto nunca. Ni tampoco tu dueña y tu escudero, que te seguían cuando paseabas por esos maravillosos jardines que, según tú, estaban sobre el Prado. Paseabas a solas, hija, y no había jardines ni lagos ni caballero —dijo mi padre.

—Son ensoñaciones de vuestra mente, Leonor. Estáis débil y creísteis ver cosas que no existen. Pero os recuperaréis y nos casaremos —dijo don Juan.

—¡No me casaré con nadie que no sea mi caballero!

—Te casarás en el otoño con don Juan. Soy tu padre y te lo ordeno porque sé lo que te conviene.

—¡Jamás! —exclamé con total decisión, dispuesta, por primera vez en mi vida, a desobedecerle.

—Entonces ingresarás en un convento hasta que muden tus ideas —dijo mi padre con firmeza—. Pero ¿no lo entiendes, Leonor...? Si persistes en tu postura, te pueden acusar de estar poseída por el Diablo, incluso llegará a intervenir la Inquisición... Dices estar enamorada de alguien que no vive en este mundo, y ellos dirán que es Satanás el que te enamora —añadió con pesadumbre y temor.

—Leonor, Leonor, creedme, ese caballero no existe; pero yo soy real y os amo. Por favor, casaos conmigo —pidió don Juan, y luego añadió—: Esperaremos hasta que os tranquilicéis.

—No me tranquilizaré nunca —le respondí.

* * *

El veinticinco de agosto regresamos a Madrid y el veintiocho estábamos ambos en cierto convento[1] pequeño y recogido del cual era priora una pariente nuestra. De repente oí en la calle un rumor de cánticos y rezos. Me aproximé a la ventana y vi una gran multitud que acompañaba a un féretro descubierto. En medio de ella descubrí a mi caballero. Enardecida, grité a mi padre que se apresurara, porque allí mismo estaba el hombre al que yo amaba tanto. No sé lo que mi padre dijo o hizo, porque en ese momento mi amado caballero alzó la vista y nuestros ojos se encontraron, y ya no pensé en otra cosa que en seguirle, se dirigiera a donde se dirigiera. De modo que me lancé a la calle sin pensarlo dos veces; pero, cuando llegué a ella, no encontré multitud alguna, ni tampoco al hombre que amaba. Preguntándome, confundida y desesperada, hacia dónde habría podido dirigirse la comitiva, corrí de un lado hacia otro gritando:

—¡Esperadme...! —hasta que mi padre me detuvo y me llevó a casa.

A partir de aquel día, en Madrid me tomaron por loca, y mi buen padre, para evitar que hicieran mofa de mí o quizás algo peor, me recluyó en la casa en la que ahora me encuentro.

Mi padre me visita cada día, a veces le acompaña mi hermano, y don Juan cuando se encuentra en

---

[1] En tiempos de Felipe II no existía el convento de las Trinitarias, que es donde, en el Capítulo XII, se dice que el caballero vio a la dama. Me he permitido, en este caso, una licencia literaria.

Madrid. Este dice que continuará amándome hasta la hora de su muerte.

Quien también viene con mucha frecuencia es el maestro Pantoja de la Cruz, que es muy gran amigo de mi padre y se ha empeñado en pintar mi retrato. Mientras poso, pienso en mi caballero, aunque mis pensamientos siempre están puestos en él, ya que su imagen vive dentro de mí; así, cuando toco el clavicordio, está en la música, y cuando leo poesía, lo encuentro en los versos:

> ¿Adónde te escondiste,
> amado, y me dejaste con gemido?
> Como el ciervo huiste
> Habiéndome herido
> salí tras ti clamando y eras ido...
>
> San Juan de la Cruz

A veces me pregunto si, tal como dicen, estaré verdaderamente loca, y siempre me respondo que, si mi caballero solo es un producto de la locura, no quiero salir de ella.

* * *

Ha pasado el otoño, en mi pequeño jardín han caído las hojas de los árboles... ¿Dónde se encontrará mi caballero?... Me pregunto si volverá a Madrid durante la Navidad y también me pregunto si será capaz de hallarme. Con esa esperanza vivo.

¡Mi caballero ha vuelto! La Nochebuena lo ha traído.

Las campanas de la iglesia de San Nicolás llama-
ban a Misa del Gallo. Me asomé a la ventana y la
noche me pareció triste y oscura. Pero la oscura
noche se iluminó para mí porque, de súbito, lo vi
acercarse. Los cascos de su caballo sonaban a repi-
ques de alegría, y mi corazón se puso a brincar de
gozo.

Descorrí las cortinas y agité la vela para llamar
su atención. ¡Me vio!, y se lanzó contra la puerta
para liberarme del encierro en el que me hallo. Yo le
grité a mi dueña para que le franqueara la entrada.

Mi dueña dijo que no había nadie en la calle, y
que, si yo seguía gritando, iba a despertar a todo el
vecindario.

—Los locos, si no quieren acabar mal, han de
llevar su locura en silencio —añadió.

—Pero ¿no oyes, dueña, el enorme alboroto que
ya hay en el exterior? —le pregunté, sin tenerle en
cuenta lo muy desabrido de sus palabras.

—No, no lo oigo —me respondió.

—¿Ni tampoco oyes los golpes que dan en nues-
tra puerta?

—Nadie golpea en nuestra puerta. Lo único
que oigo es el viento y vuestras voces. Andad y
acostaos, que en Nochebuena solo vela el que tie-
ne motivos de gozo, y ninguna de las dos los tene-
mos —dijo por último, obligándome a apartarme
de la ventana.

Me acosté y ella se sentó a mi lado. Fingí dormir
porque deseaba que se marchara lo más pronto
posible.

Cuando al fin se retiró, salté del lecho de puntillas y corrí a la ventana; pero mi caballero ya no estaba en la calle.

La tristeza invadió mi espíritu; sin embargo, recordé que ahora él ya sabe dónde encontrarme.

Volverá en mi busca, seguramente mañana mismo. La esperanza está de nuevo en mi ánimo.

Me pregunto cómo es posible que la dueña no oyera ni viera nada en la calle cuando el alboroto era tanto. Ciertamente no lo entiendo, aunque quizás fuera que oyera y viera y dijera no ver ni oír. Ella, como todos, lo único que desea es que olvide a mi caballero y me case con don Juan de Mendilace... De todas formas, ¿para qué hacerme preguntas que no tienen respuesta?... Es Navidad y mi caballero me ha encontrado.

¡Aleluya!

* * *

A don Alfonso de Mieras le temblaban las hojas entre los dedos. Ya no le quedaban muchas por leer, y entre las que aún faltaban había algunas que estaban muy desnudas de letras y muy colmadas de tristezas y desesperanzas:

El día de la Natividad de Jesús ha pasado y mi caballero no ha vuelto, se leía en la primera.

Es Año Nuevo y él tampoco ha venido, ponía en la segunda.

La primavera ha florecido en los árboles, pero no en mi corazón, era el texto de la tercera.

Y luego:

Ha pasado el verano. ¿Qué podrá sucederle?
Navidad nuevamente...
Un año entero y aún sigo esperando.
¡Dos años ya...!
Otra vez primavera... ¿Dónde se hallará?

Don Alfonso de Mieras pasaba las hojas rápida y tristemente, y de pronto el temblor de sus dedos se hizo tan violento que apenas si podía sostenerlas:

Sé que mi caballero ha muerto, y por eso ya no tengo deseos de vivir —leyó asombrado y estremecido—. *Cierta noche tuve un sueño que me llenó de temor* —continuó leyendo—. *La mar bramaba y ardía a causa de una terrible tempestad y también por la encarnizada batalla que en ella se libraba. Había dos escuadras enfrentadas, y una de ellas, la española, era la que llevaba la peor parte. Las olas envolvían sin piedad a sus navíos y el viento desatado los zarandeaba. Algunos se fueron a pique o se estrellaron contra las rocas, otros fueron destrozados por los cañones enemigos. En medio de tan tremendo desastre atrajo mi atención un buque envuelto en llamas. Su nombre era Santa Teresa. En la cubierta un hombre, con la banda roja de capitán, arengaba a los suyos con gran bravura, a pesar del fuego y la tormenta. Le vi el rostro cuando caía. ¡Era él! ¡Mi caballero...! Me desperté con el corazón angustiado y tembloroso, y estuve todo el día temiendo y anhelando que llegara la tarde, que es cuando mi padre suele venir a visitarme. En cuanto le vi, le pregunté si la escuadra española había sufrido alguna derrota últimamente.*

Por él supe que pocos meses atrás había zarpado una gran escuadra contra Inglaterra, y que, a causa de una enorme tempestad, y quizás también porque el duque de Medina-Sidonia, que la mandaba, fuera joven e inexperto, o porque, realmente, los ingleses estaban mejor equipados, más de la mitad de los buques españoles, con sus tripulaciones, se perdieron, y con ellos una buena parte de la gloria de España.

—¿Sabéis, padre, algo de una nave llamada Santa Teresa? —pregunté con angustia.

Mi padre me miró sorprendido:

—No sé yo nada de un navío con tal nombre... En todo caso, no es de los que regresaron —me respondió.

Tanto fue mi dolor al oír sus palabras que caí desvanecida. Desde entonces no existen para mí las noches ni los días, el sol ni la luna. Y ya solo deseo morir.

A veces me visita el párroco de San Nicolás. Me dice, aunque compasivamente, que es muy grave pecado ir en busca de la muerte, y yo le digo que no soy quien la busca, sino ella la que me busca a mí. Le he pedido que, cuando muera, me entierren en su iglesia porque fueron las campanas de San Nicolás las que me avisaron de la presencia de mi caballero aquella Nochebuena, cuando lo vi por última vez.

El buen párroco me lo ha prometido, aunque bien sé que, como a todos, mis sueños y mis tristezas le parecen únicamente hijos de la sinrazón.

*   *   *

Cuando terminó la lectura, Alfonso de Mieras permaneció con la mirada fija en el manuscrito, mientras ardientes lágrimas nuevamente corrían por sus mejillas.

Y después alzó los ojos hacia el retrato de doña Leonor:

«¿Qué es el tiempo? ¿Qué es la vida? ¿Qué es la muerte?...», se preguntaba mirándolo. «¿Quién lo sabe?», era la única respuesta. «¿Qué es el amor?», se preguntó luego. Amor era lo que seguía latiendo en su corazón y lo que se reflejaba, eterno y luminoso, en los ojos dorados de doña Leonor de Mendoza.

XX

EN LA IGLESIA
DE SAN NICOLÁS

Acompañado de su fiel Marcos, Alfonso de Mieras se dirigió hacia la iglesia de San Nicolás.

El pequeño templo estaba casi en penumbra. Algunas velas, muy pocas, ardían ante los altares laterales; además de eso, la única luz era la de la lámpara de aceite que alumbraba permanentemente el sagrario.

Marcos Gómez caminaba sobrecogido tras su señor, preguntándose qué sería lo que este se propondría hacer.

El silencio era tan hondo que el joven paje andaba de puntillas, temeroso de quebrarlo.

Don Alfonso de Mieras recorrió atentamente la iglesia y, por fin, fue a detenerse ante un sencillo sepulcro, a cuyos pies había dos candelabros encendidos.

El tiempo huye, pero el amor permanece.
Doña Leonor de Mendoza
5 de julio de 1567 - 7 de agosto de 1589

Leyó mientras su cuerpo iba venciéndose sobre la losa.

De pronto, las campanas de San Nicolás comenzaron a doblar, y una encorvada figura, de cabellos de nieve y pasos torpes, salió de la sacristía. Llevaba los ojos bajos y no vio inmediatamente a los dos hombres que estaban en el templo. Cuando los distinguió, el uno seguía arrodillado y sus dedos acariciaban dulcemente el helado mármol que protegía la sepultura de doña Leonor de Mendoza, mientras que el otro lo contemplaba estremecido.

El anciano sacerdote se arrodilló también ante el sepulcro. Don Alfonso de Mieras no lo advirtió; en cambio, Marcos Gómez clavó sus ojos en su bondadosa figura sintiendo que la opresión de su pecho se aliviaba.

Pero las campanas continuaban doblando, y cada vez con mayor tristeza. «¡Oh, Dios! Parecen lamentos del otro mundo», pensaba Marcos. Hasta que no pudo resistirlo y tomó el camino de la torre. Quería pedirle al sacristán que dejara de tocar de aquella forma.

Rápida y nerviosamente subió las oscuras escaleras; pero no tardó un segundo en descenderlas. Blanco el color del rostro, y con la mirada despavorida, se dirigió al anciano sacerdote:

—¡No hay nadie en el campanario...! —exclamó.

El sacerdote asintió tranquilamente:

—Es 7 de agosto, por eso he encendido los cirios —dijo como toda respuesta mientras sus ojos señalaban al sepulcro.

Fue entonces cuando Marcos Gómez leyó la fecha indicada en la losa, *7 de agosto de 1589*, y sintió que el suelo se hundía bajo sus pies y que las paredes se unían las unas con las otras...

Miró a su señor. Don Alfonso continuaba ajeno a todo.

Cuando enmudecieron las tristes voces de las campanas, don Alfonso de Mieras alzó los ojos y buscó los del sacerdote que oraba a su lado. Se levantó este y, con la mirada, indicó al caballero y a su criado que lo siguieran a la sacristía.

—¿Pertenecéis a la familia de doña Leonor de Mendoza? —preguntó el anciano a don Alfonso.

Dudó este un momento antes de responder; pero al fin negó con el gesto.

—Pero conoceréis entonces a algún miembro de su familia.

Esta vez, don Alfonso contestó afirmativamente.

—En tal caso, seguramente habréis oído hablar de su historia.

—Al menos de una parte de ella... —respondió don Alfonso con voz apenas inteligible.

—Fue la suya una extraña historia llena de sinrazones; pero también hermosa. Yo puedo asegurarlo porque conocí a doña Leonor.

—¿La conocisteis? —preguntó don Alfonso con emocionada excitación.

—¿Os sorprendéis?... Pensad que soy un hombre muy anciano y siempre he ejercido mi ministerio en San Nicolás —explicó el sacerdote.

—¿Hablasteis alguna vez con ella? —preguntó don Alfonso tratando de contener su enorme ansiedad.

—Hablé con ella muchas veces en los últimos días de su vida. Eso la consolaba, no recibía demasiadas visitas además de las mías: su padre, su único hermano, aunque más de tarde en tarde, y aquel caballero de altísima casa que la amó hasta el momento de su muerte, a pesar de que ella había dejado de amarlo. Decía doña Leonor que era porque se había enamorado de otro hombre, un hombre al que, extrañamente, nunca vio nadie. Algunos decían que tal caballero no existía, que era ella la que lo había creado en su mente enferma. Otros pensaban que estaba hechizada o poseída por el Demonio, y sin embargo yo...

—¿Y sin embargo? —apremió anhelante don Alfonso.

—Y sin embargo, a veces yo dudaba —dijo el anciano tras una corta pausa—. Hablaba con un amor tan hondo de aquel su caballero desconocido...

Se hizo un largo silencio, que a Marcos Gómez le pareció muy difícil de soportar. Al fin lo rompió el sacerdote:

—Sí, fue una extraña y hermosa historia —repitió—. Nada sabía doña Leonor de su caballero, ni su nombre siquiera, excepto que la amaba. Nunca dudaba de su amor, afirmaba que sus ojos se lo habían dicho porque entre ellos hablaban sin palabras... Quizás estuviera realmente loca; pero aquel gran amor del que hablaba era hermoso... Yo creo que era mucho más que amor, era la esencia misma del amor.

—La esencia del amor —repitió como un eco don Alfonso.

—Sí, la esencia del amor, que no necesita de tiempo ni palabras —afirmó solemne el sacerdote, y luego añadió, mirando a don Alfonso que sonreía entre lágrimas—: Sois un hombre de corazón sensible, veo que os emocionáis, también yo me emociono con frecuencia —dijo benévolamente mientras sus ojos se humedecían.

Otra vez el silencio se apoderó de la sacristía, y nuevamente lo quebró el sacerdote:

—¿Sabéis?, ella murió feliz. La Muerte era su amiga, pensaba que se retrasaba demasiado, y la recibió con júbilo. Segura estaba de encontrarse con su amado porque la pobre se empeñó en que su caballero había muerto en el desastre de la Gran Armada que el rey don Felipe II mandó contra los ingleses. Decía que en un sueño lo había visto caer en la cubierta de una nave llamada Santa Teresa. Extraño nombre para aquella época, ¿no os parece?[1] Fuera como fuera, doña Leonor esperaba encontrarse con su caballero en la otra vida. Sin embargo, no ha debido de ser así —dijo el sacerdote con pesadumbre—. Escuchad las campanas, doblan solas todos los años en el día de su muerte, y con tanta tristeza... Eso me hace pensar que no se han encontrado.

* * *

De vuelta a casa, el buen Marcos se hallaba sumido en un mar de confusiones. ¿Estaba o no estaba

[1] Fue canonizada después de que muriera la dama.

loco su señor? ¿O era él quien estaba perdiendo la razón? Porque ¡cuántas y qué extrañas cosas había visto y oído durante aquel día...!

A su lado, don Alfonso marchaba entristecido aunque sereno: «La esencia del amor...», repetía en su interior. Y estaba decidido: se trasladaría a vivir a la pequeña casa donde su amada había muerto. En nada le importaba que estuviera vieja y deteriorada. De ningún modo pensaba consentir que nadie la pisara a no ser él o su fiel Marcos.

A llegar a la casa-palacio del Prado de Recoletos encontraron a don Antonio de Mieras esperándolos inquieto: hacía tanto tiempo que su hijo Alfonso no salía que su repentina ausencia le angustiaba. De pronto, cayó en la cuenta de que, ocupado en las cosas del reino, apenas si había reparado en la existencia de aquel hijo en el que antes tenía puestas todas sus esperanzas. Por eso los vio llegar con tanto alivio. Enseguida comenzó a contarles aquella extraordinaria noticia que había oído directamente de labios del conde-duque.

XXI

«Ven muerte, tan
escondida que no
te sienta venir...»

—Fletaremos una gran armada, Alfonso, de casi cien navíos, con más de dos mil cañones y veinte mil hombres. ¿Te das cuenta, hijo? No será tan grande como la que el rey don Felipe II mandó contra los ingleses, pero sí muy superior en cuanto a la artillería... Y esta vez no habrá tempestad que nos la destruya... Expulsaremos primero a esa molesta flotilla francesa del Cantábrico... —explicaba don Antonio de Mieras, y a medida que hablaba se iba entusiasmando—. Y luego destruiremos por completo a la escuadra holandesa. Entonces recuperaremos el dominio del mar e iremos contra Francia... Y después de vencer a los franceses en su propia casa, ayudaremos sin dificultad al emperador de Austria, y se unirán las dos ramas de la casa de Ausburgo, la española y la austríaca, y volveremos a ser, sin discusión alguna, las cabezas de Europa... y ¡la religión católica se alzará para siempre sobre la protestante! —el marqués de Altafría continuaba hablando pero su hijo apenas le oía—. Yo embarcaré con don Antonio de Oquendo en el buque insignia, y don Santiago Lope de Hoces, que será el segundo en el mando, embarcará en el galeón Santa Teresa.

De repente, don Alfonso sufrió un sobresalto:

—¿El Santa Teresa? ¿Habéis dicho el galeón Santa Teresa, padre? —preguntó presa de excitación.

—Sí, el Santa Teresa he dicho —repitió don Antonio contemplando sorprendido a su hijo; pero aún más se sorprendió cuando oyó las palabras que este añadió:

—¡Yo también iré a luchar contra los holandeses, padre... Pero ha de ser en el Santa Teresa!

Al marqués de Altafría se le encendió la mirada: ¡Por fin... aquel era su hijo! Volvía a ser lo que siempre fue, el digno sucesor de su casa y su linaje.

* * *

La flota zarpó del puerto de La Coruña el 6 de septiembre de aquel año de 1639 con las banderas del triunfo ya desplegadas.

El rey y el conde-duque tenían en esta ocasión las esperanzas muy altas.

En todas las iglesias del reino se hacían rogativas, y el pueblo olvidó una vez más su hambre y su miseria y despidió a los que partían con cantos, danzas y alegres gritos de ánimo.

Miles de banderas improvisadas se agitaron en La Coruña: los hombres se quitaban sus raídos jubones y las mujeres sus no menos estropeadas tocas o pañoletas; en cuanto a los niños, hacían banderas con sus propios cuerpos dando gozosos brincos.

«¡La flota holandesa ya está hundida!...» «¡Temed, franceses, que luego iremos por vosotros!» Estas cosas y otras muy parecidas era todo lo que se oía en el puerto de La Coruña aquel 6 de septiembre.

¡Y cuánta alegría derramada en todas partes! ¡Y cuántas campanas al vuelo! Parecía la fiesta del Corpus Christi. Aquella flota magnífica devolvería a España el dominio del mar, que comenzó a perderse en 1588, cuando el rey don Felipe II, sin saberlo, mandó a sus barcos a luchar contra los elementos.

Pero no iba a ser tan fácil. No en vano, la armada holandesa se había convertido en la reina de los mares.

Desde el 16 al 18 de septiembre se vieron los barcos españoles envueltos en una lucha sin descanso, en la que no llevaron la mejor parte, hasta que al fin decidieron refugiarse en Las Dunas[1], que era precisamente donde se pensó que iría en busca de refugio la flota holandesa.

Durante un mes entero sufrieron los españoles un acoso continuo, viéndose imposibilitados para desembarcar, puesto que los hubieran atacado también desde tierra. El 21 de octubre recibieron los buques la orden de burlar como fuera el cerco de los holandeses y salir a alta mar. Algunos lo consiguieron; pero no así la mayor parte de ellos. Entre estos últimos se hallaba el galeón Santa Teresa. Don Lope de Hoces y sus tripulantes lucharon brava-

---

[2] En el canal de la Mancha.

mente contra ocho barcos holandeses al mismo tiempo, hasta que el fuego los alcanzó. Dos hombres se distinguieron por su valentía: el uno era don Alfonso de Mieras, que parecía ser amigo de la Muerte, porque, aunque no la buscaba, en ningún momento le volvía la espalda. En cuanto al otro, Marcos Gómez, no le tenía a la Muerte ningún aprecio; pero estaba decidido a no permitir que su señor se le enfrentara a solas.

Estuvieron, por tanto, ambos en los puestos más peligrosos, ayudando siempre a cuantos lo necesitaban, y permanecieron en pie hasta que enmudecieron los cañones del Santa Teresa. Cayó don Alfonso justo entonces, al tomar el puesto del timonel que, un momento antes, había caído. Parecía muerto, pero no lo estaba; por eso, su fiel Marcos lo defendió con su cuerpo y, antes de que el navío ardiera por completo, lo arrojó y se arrojó con él al mar. Luego, a bordo de una frágil barquilla, consiguieron llegar, sin ser vistos, hasta las costas francesas.

Entonces el buen Marcos Gómez cargó con el malherido don Alfonso y lo ocultó varios días entre las rocas. Pescó como una gaviota y acechó como un gato para procurarle alimento, y lo veló en los momentos de delirio y de fiebre, acunándolo entre sus brazos como la más solícita de las madres. En una palabra, hizo cuanto le fue posible para arrebatárselo a aquella Muerte que su señor esperaba con mucha más alegría que pesar. Por último, como pudo, consiguió que un barco inglés les hiciera un lugar en la bodega, y fue así como, al fin, arribaron al puerto de La Coruña, donde permanecieron hasta que don Alfonso, aliviado, pero no curado de sus muchas y graves heridas, pudo partir hacia la corte.

Llegaron a Madrid en enero, comenzando 1640, año que fue de grandes males para España, tanto dentro de sus tierras como fuera de ellas.

Don Alfonso se empeñó en ir a instalarse en la pequeña casa del barrio de Santiago, y, como de su padre no sabía cosa alguna a excepción de que no regresó con los hombres de Oquendo, nada le quedó de su antigua vida sino su bueno y fiel Marcos, que, desde entonces, se convirtió en su único apoyo y compañía.

* * *

En la casa del barrio de Santiago, don Alfonso de Mieras pasaba los días contemplando el retrato de doña Leonor, hablando en silencio con aquellos sus ojos dorados, tan amorosos, o leyendo y releyendo sus escritos.

De cuando en cuando le pedía a la Muerte que no se olvidara de él.

El pobre Marcos se desesperaba cuando le oía recitar aquellos versos de Teresa de Jesús:

> *Ven, Muerte, tan escondida*
> *que no te sienta venir,*
> *porque el placer de morir*
> *no me vuelva a dar la vida...*

Y sentía un gran peso sobre su conciencia si, tomándose un respiro, acudía a algún mesón o corral de comedias, que ni las mozas más alegres o hermosas le alegraban con sus cantos y sus bailes, aunque fueran estos chaconas o zarabandas... ¿Y su guitarra...? ¡Qué triste y callada vivía la pobre!

Así pasó el invierno, y la primavera, y corrió el verano.

Y mientras tanto, España padecía muy graves contratiempos, fuera y dentro de sus fronteras. Los nobles, en su mayoría, se desentendían cada vez más de la guerra, y en el agotado pueblo crecían los descontentos.

—Cerebros, el conde-duque necesita cerebros, y España también los necesita —se lamentaba Marcos—. Y nosotros aquí, consumiendo vuestra juventud y la mía...

—Vete si quieres, Marcos, ve a vivir en la casa de Recoletos. Mira, toma este sobre. En él se recogen órdenes muy precisas para que nada te falte, ni ahora ni después de mi muerte —decía don Alfonso.

—Señor, señor, no habléis siquiera de eso... —suplicaba Marcos.

Cierta mañana, apenas el alba despuntaba, encontró el joven paje a don Alfonso debajo del retrato de doña Leonor, mirándola más tierna y dulcemente que nunca.

—Pero, señor, ¿sabéis qué hora es? Volved al lecho y descansad, que es lo que necesitáis para reponeros del todo.

Don Alfonso pasó por alto lo que Marcos le pedía y preguntó:

—¿Recuerdas qué fecha es hoy?

—No lo recuerdo. ¿Qué fecha es hoy, señor?

—¡Siete de agosto, Marcos! —dijo don Alfonso con voz emocionada mientras sus ojos se nublaban.

Marcos bajó la vista sin saber qué decir.

—En cuanto abra el día, mi buen Marcos, vete a la plaza de la Cebada y vuelve con una silla de manos, que deseo ir a orar a San Nicolás —pidió don Alfonso.

Y en cuanto el día abrió del todo, se fue Marcos a la Cebada, alquiló una silla de manos para su señor y regresó lo más pronto que pudo.

Cuando don Alfonso de Mieras se arrodilló junto a la tumba de la mujer amada, las campanas de San Nicolás comenzaron a doblar por sí solas.

Marcos Gómez esta vez también oró; pero para pedir a todos los santos que la oración de su señor fuera lo más breve posible, ya que aquellas tristes campanadas le estremecían.

Y de pronto observó cómo el cuerpo arrodillado de don Alfonso caía con desmayo sobre la losa del sepulcro.

—¡Señor! —gritó angustiado corriendo a prestarle auxilio.

Pero don Alfonso de Mieras ya no necesitaba ayuda. Durante unos instantes miró con profundo afecto a su buen Marcos, y luego sus ojos se cerraron para siempre, mientras que en sus labios se dibujaba una ancha sonrisa de felicidad.

Justo entonces las campanas de San Nicolás cesaron en sus tristes tañidos y comenzaron a repicar también por sí solas, y esta vez tan alegremente como si fuera día de fiesta grande, o aun con mayores gozos...